見えなくても SEE

聞こえなくても HEAR

愛してる LOVE

contents

プロローグ　6
第一章　9
第二章　85
第三章　217
エピローグ　240

プロローグ

　初めてその曲を教えてくれたのはオルゴールだった。

　幼い頃、母が大切にしていた木製の小さな小箱。蓋《ふた》を開けると、半分が赤いビロードを敷きつめた小物入れになっていて、もう半分は模様の入ったガラス張りになっていた。その下には磁石《じしやく》とゼンマイが収納されていて、メロディーが流れ始めると、ガラスの上に載せた小さなバレリーナの人形がくるくる踊った。

　母はメロディーに合わせてハミングし、微笑《ほほえ》みを浮かべながらこのオルゴールをプレゼントしてくれた父との思い出を繰り返し語ってくれた。

　静かで美しい旋律は、どこか哀愁を帯びていて、聞くたび懐かしいのに泣きたくなるような気持ちになったのはなぜだったのだろう。

　――トロイメライ。

　ドイツ語で「夢」という曲名だと知ったのは、大人になってからだ。

　つらい時でもいつも笑っていた母の思い出と「トロイメライ」の旋律がかけがえのない幸せの象徴となった。

SEE HEAR LOVE
見えなくても聞こえなくても愛してる

イ・ジェハン(John H. Lee)・脚本
国井　桂・ノベライズ

幻冬舎文庫

明るい明日が見えなくても、見えるものはある。
思いを伝える言葉が聞こえなくても、心で感じることはできる。

——見えなくても　聞こえなくても　愛してる。

第一章

1

風が頬を撫《な》でる。しかし、汗は後から後から吹き出し、心臓はもう勘弁《かんべん》してくれと悲鳴を上げる。小高い丘に向かう道は傾斜がきつく、気軽なジョギングには向かない。

泉本真治《いずもとしんじ》は自分をいじめるように力を振り絞り、ラストスパートをかける。どんなに苦しくても、この坂道をあがり切れば、苦しさに見合うご褒美《ほうび》が待っているのだ。

三、二、一……ゼロ。

巨人のようにそびえ立つイチョウの木々が息もたえだえの真治を出迎える。思わず膝に手を当て荒い息をつけば、地面には少し前に盛りを過ぎた桜の葉が落ちていた。いつの間にか季節が移り変わっていた。

このきつい坂道と子供が喜びそうな遊具がないせいで、見晴らしが抜群《ばつぐん》であるにも拘《かか》わらず、このイチョウの丘公園にはあまり人けがない。離れたところで柴犬の散歩をしている老人が見えるだけだ。

朝日が顔を見せた眼下には、街並みがまるで玩具《おもちゃ》の模型のように散らばり広がっている。早朝の澄んだ空気を吸い込んで思い切り吐けば、吹き飛んでいくのではないかという錯覚《さっかく》にとらわれる。

真治はお気に入りのベンチに腰をかけた。激しく波打つ心臓の鼓動《こどう》をなだめすかしながら、ゆっくりとストレッチする。

気持ちいい。これがいわゆるランナーズハイというものか。体をいじめ抜いて走った先にある幸福感は、脳内麻薬が見せる束《つか》の間《ま》の快感だ。

仕事でも、こんな感覚になることがごくごく稀《まれ》にある。袋小路に入ってしまったストーリーの打開策が見えた時、納得のいくカットを描けた時、もう絶対に無理だと思った締め切りをクリアできた時、そして、読者からおもしろかった、感動したという感想が寄せられた時。

その快感、喜びがあるから、こんなにつらい仕事を続けているのだともいえる。

泉本真治は漫画家だ。ただし、「売れない」という形容詞をつけた方がいい程度の漫画家である。

真治は時計を見て、慌てた。少しだけ気分転換をするつもりが、思いのほか時間をかけ過ぎてしまったようだ。締め切り前に現実逃避をしたかったのか。真治は苦笑すると、下り坂をスピードを上げて駆け下りた。帰り道はまるで羽が生えているかのような浮遊感が味わえる。やはりこのコースは好きだと思った。

角を曲がり真治は後ろを振り返った。今日も頑張れというようにイチョウがこちらを見下ろしていた。


真治の住まいは駅から徒歩二十分という立地のおかげで安く借りられた古いマンションの一室だ。外壁にはところどころヒビが入り、エントランスに迷い込んだ枯れ葉は何日も清掃《せいそう》されることなく居すわる。静かなことだけが取り柄だった。

真治は音を立てないようにドアをそっと開けて家の中に入った。昨夜《ゆうべ》の煮物の匂いに混じってあまり考えたくないものの臭気が鼻を刺す。

玄関先にまで散らばるガラクタを思わず蹴飛ばしそうになる。二度と音を出すことのないラジオや把手《とって》の取れた鍋、錆《さび》の浮いた三輪車、へこんだサッカーボール……どこから見てもごみ以外のなにものでもないものが、ただでさえ狭い室内を圧迫している。

2DKの狭い部屋、廊下の突き当たりが真治の寝室兼仕事場だ。足音を忍ばせ廊下を進む。

「……真治ィ。お腹空《なかす》いたァ。ねえ、お腹空いたんだけど」

うなるような低い声がキッチンの方から聞こえた。祖母の多恵《たえ》だ。

仕方なく真治はシャワーを諦《あきら》め、トーストと味噌汁《みそしる》という和洋折衷《せっちゅう》というより、でたらめな朝食づくりに取りかかった。これも祖母の好みに合わせてのことである。

幼い頃に両親がいなくなったために真治を女手ひとつで育ててくれた祖母は、無理がたたったせいか、この数年急激に衰《おとろ》えた。五年前、脳卒中で倒れ、幸い命に別状はなかったのだが、後遺症で足をひきずるようになり、仕事も辞め、車椅子に頼る生活になった。

もともと気が強い性格だが、自由に体が動かなくなったことで、よりヒステリックになった。だが、そのもどかしさもわかるし、今までの恩があると思えば、真治は祖母を放り出そうという気持ちには到底なれなかった。

「絵ばっかり描いて、ちゃんと働かんと」

「絵を描くのが仕事なんだよ」

この会話を何度繰り返してきたことか。

多恵はパンくずをまき散らし、味噌汁をズズッとすすりながら、恨めしげに真治を見る。彼女には何度言っても真治の仕事が理解できない。

子供の頃からお話をつくり、それに添える絵を描くのが好きだった。授業中も教科書やノートに落書きしては怒られていたものだ。そんな「好き」が高じ、やがて漫画家になることが夢になった。

高校生の頃は、落ちても落ちても漫画コンクールに応募し続けた。ようやく奨励《しようれい》賞《しよう》を受賞できてデビューが決まったのは卒業間際のことだった。当たり前のように進学も就職もしなかった。あの頃は本気で売れっ子漫画家になれるのだと信じて疑わなかった。

だが、当然ながら、世の中はそう甘くはない。鳴かず飛ばずというのか、受賞作こそそこその評価を得たものの、その後は単発の作品や多忙すぎて原稿を落とした人気作家の埋め草に掲載を許されるくらいで、ヒット作に恵まれることはなく、かといって筆を折るかと絶望するほどダメでもなく、かろうじて漫画家と名乗れる程度には作品を発表してきた。

常にアルバイトと掛け持ちで、他の売れっ子漫画家のアシスタント、コンビニ店員、日雇い工夫、宅配、皿洗い、ありとあらゆる仕事をした。中には見習いホストなんていう経験もある。自分ではわからないけれど、ちゃんとすればなかなか見られるといわれるルックスらしいのだが、いかんせん絶望的なまでに対人スキルがなかった。

そんなわけで、祖母にしてみれば、いつまでもフラフラと定職に就《つ》かないまま三十二歳にもなってしまった不肖《ふしょう》の孫としか思えないのも無理はない。

しかし、そんな真治にもようやくツキが回ってきた。ずっと描いてみたいと思っていたテーマを思い切って提案したところウェブ漫画の連載が決まったのだ。久しぶりの連載に力を入れようと、背水の陣の決意でアルバイトも全部辞め、作品に集中した。

それから一年半が過ぎ、幸いなことにその作品『ＯＮＬＹ　ＦＯＲ　ＹＯＵ』はヒットしている。それも真治が想像した以上に。最初は大して話題にもならなかったが、若者に人気のあるインフルエンサーがハマっているとＳＮＳに書き込んだことで、一気に読者が増えた。

「また今夜も徹夜ですか」

ビデオ通話にしたスマホの画面の中で明るく染めた髪を揺らし中村沙織《なかむらさおり》が笑った。真治の有能なるアシスタントにして、典型的なイマドキの娘である。

「明日締め切りだからな。中村さんが徹夜してくれないから、俺がしないと」

この程度の皮肉は全く通じない。フフフと笑うだけ。雇い主のために無理をするという発想はゼロなのだ。しかし、美大で基礎を学び、そのくせ売れっ子漫画家になりたいという強烈な欲求もないらしく、描きたいものだけを描き、気に入った漫画家のアシスタントを無理のない範囲でするという、真治から見たら羨《うらや》ましいくらいの優雅な生活をしている沙織を見ていると、生きるためにあくせくしている自分との違いの大きさにむしろ最近では爽快感さえ覚える。

「明日は『オニ山』に会うんだから、体調しっかり整えないと。少しは休んでくださいね」

「そうだな。またあのオニになに言われるんだか。今からゾッとするよ」

「オニ山」とは、真治が描いているウェブ漫画の制作会社ファイブドリームスの社長にして担当編集でもある平山省吾《ひらやましょうご》のことである。ウェブ漫画は掲載するプラットフォームの会社があり、ファイブドリームス社のような漫画制作を請け負う会社といくつも契約している。そんな制作会社と契約しているのが真治のような漫画家というわけだ。

「一晩中椅子に座ってエナジードリンクばっかり飲んでたら、お腹もすぐ出てきますよ」

二十三歳からしたら三十二歳はすっかりおじさん扱いである。笑うしかない。

「中村さんはもう休んで。徹夜はかわりに俺がしますから。ああ、今週分の仕上げよかったよ。最後のコマなんて感動しちゃった」

「そりゃそうですよ。誰かさんの弟子ですからね」

「お疲れさま」

「ほどほどにして寝てくださいよ」

苦笑しながら通話を切る。

沙織は確かに優秀なアシスタントだ。師匠《ししょう》だ弟子だと言われるような指導はしたことがないが、さすがに作画の基礎を学んでいるだけあって腕がいい。アシスタントになってもらったのは、ここ一年弱だが、真治の画風を早くも覚えて、曖昧《あいまい》な指示でもきっちり仕上げてくれるのがありがたい。

再びデジタル作画用の液晶タブレット、通称液タブに向かった。紙にペンでカリカリと漫画を描いていた頃に比べれば、無理して購入したパソコンと液タブのおかげで作業効率は断然よくなった。アシスタントとのやりとりも、顔を突き合わせなくてもデータの送受信でできる。

賑《にぎ》やかな沙織の声が消え、静寂《せいじゃく》が戻ってきた途端にキリキリと締めつけるような頭痛も戻ってきた。市販の頭痛薬を口に放り込み水で流し込む。今朝ジョギングした時の爽快感をもたらしてくれたアドレナリンやドーパミンなど、もうどこにもない。どんよりと重たい頭と体に鞭打つ気持ちで目を閉じ、しばらく瞑想《めいそう》すると、再び机に向かった。

画面の中のヒロイン・スミレの笑顔がにじんで見えた。最近よく目が霞《かす》むのは、おそらく仕事のしすぎなのだろう。わかってはいるが休む暇などない。

スミレの瞳に涙が盛り上がるカットを描く。つらいことをぐっとこらえているスミレは自分の手で無理やり顎《あご》を引き上げ、前を見ると笑顔をつくって言う。

——つらい時こそ笑うのよ。

これはスミレが自分自身や周囲に言う決め台詞《ぜりふ》だ。本当のことをいえば、真治が自分自身にずっと言い続けてきたことでもある。
時計はすでに深夜〇時を大きく回っているが、今夜は本当に眠れそうにない。

2

スミレに危機《きき》が訪れた。スミレに一方的に想いを寄せる男に連れ去られそうになったのだ。あやうく難を逃れたのは、ノボルのおかげだった。二人の間にせつなくも温かい空気が流れかける。だが、スミレはあえて想いを封印し、再び苦しい仕事に立ち向かう。すべては弟のマモルの夢を叶《かな》えるためだった。

姉への申し訳なさからピアニストになる夢を諦めようというマモルにスミレが言った。

「つらい時こそ笑うのよ」

幸せだから笑うんじゃない。笑っていれば幸せになれる。スミレはそう考え、どんな時も、時には涙を流しながらでも微笑もうと頑張っていた。

スミレとノボルは表面的には、以前と同じ友人同士に戻ったのだが、そこにライバルとなる美しい女が現れる。

ノボルとスミレが二人だけになった時、ついにノボルが愛の言葉を口にしようとした。その時、スミレはなにを言うのか、そこで今週の回は終わっていた。

笑ったり、涙を浮かべたり、忙しく表情を変えながら一心にパソコン画面に見入っていた相田響《あいだひびき》はここでようやく息をついた。

『ONLY　FOR　YOU』はたまに覗《のぞ》いていたウェブ漫画サイトで連載が始まった時から読み始めた。シンプルだがちょっとクセのある、あまり上手《うま》いとはいえない絵。だが妙に心惹《ひ》かれるものがある。

そして、ストーリー展開は、感情豊かな主人公が次々と襲いかかるトラブルを健気《けなげ》な努力と思いもかけない救いの手によってその都度乗り越えていく。ベタといえばベタだけれど、その分ハマってしまう。

同じように考えた読者は多かったのか、あれよあれよという間にランキング上位へ駆け昇っていったのだった。

響はそっと息を吐いた。夢中になり過ぎて、呼吸をするのも忘れていたみたいだ。

そして、カーソルをもう一度今日掲載されたページの先頭に戻した。スマホで読むのに適した縦長のコマではあるが、やはりこの作品だけはパソコンの大きな画面で隅々《すみずみ》まで読みたかった。

響は作中でマモルが見つめている楽譜のところでカーソルを止めた。できる限りコマを拡大してみた。響は楽譜を読むことはできないから、五線譜に書かれた音符の配列が正しい曲になっているのかはわからない。

ピアノ曲「トロイメライ」。

それが曲名だった。一体どんな曲なのだろう。作者の泉本真治という人がこの曲を好きなのだろうか。漫画から音楽が流れてくるわけでもない。そんなことを知ったところでどうにかなるわけでもないのに、妙に気になった。それだけ主人公のスミレとマモル姉弟《きょうだい》が大切にしている曲だったからだ。

響は検索エンジンを立ち上げると、「トロイメライ」と打ち込んだ。

作曲したのは十九世紀ドイツの音楽家ロベルト・シューマン。後に結婚する十歳ほど年下の恋人クララへの手紙の中で「ときどきあなたのことが子供のように思えます」と書いたことから触発されてできた曲をまとめて「子供の情景」とし、その中の第七曲が「トロイメライ」なのだとわかった。

演奏が聴けるサイトに飛んで、再生ボタンを押す。そして、音量を最大にすると、響はパソコンのスピーカー部分に手を当てた。指先で探るようにして目を閉じる。かすかな振動《しんどう》が伝わってきた。本当にわずかな波動だ。これがスミレやマモルが聴いているものなのか。そして、『ＯＮＬＹ　ＦＯＲ　ＹＯＵ』の作者泉本真治が愛した曲なのだろうか。

耳をどんなに澄ましても響にはなにも聞こえない。そう、響は生まれた時から音を知らない。人として聴覚を持たないことを重大な欠落のように位置づけられて二十四年間を生きてきた。

だから、音楽に興味を持ったことはほとんどなかった。音楽というものがあることは、大きなスピーカーの前に立てば、ズンズンと伝わってくる振動とリズムで察することはできる。けれど、それが美しいとかノリがいいとかポップだとか言われるのは、振動の速さやそれを聴く人々の表情で察することしかできない。

今漫画という二次元の世界の中で、自分が愛したキャラクターたちが大切にしている「トロイメライ」という曲はどんなものなのだろう。切実に知りたかった。

夜も更けた。あまり大音量を鳴らすのもよくないだろう。響はパソコンの電源を落とし、明かりを消すとベッドに横たわった。月明かりが窓からカーテン越しに差し込んでいる。

スミレとノボルの恋はどうなるのだろう。マモルはピアニストになれるのだろうか。

なれたところで、ピアニストにもランクというものがいろいろあるだろうし、ピアノ教師なのか、世界中をコンサートツアーで回るような演奏家なのか、気になることはいくらでもある。

自分なりにいろいろストーリーの行く末を想像していたら、いつの間にか眠りに落ちていた。

翌朝は顔にかかる風で目を覚ました。響は目覚まし時計の音で起きることはできないため、タイマーで扇風機が作動するようにしてあるのだ。

夕べ月明かりを部屋に届けてくれていた窓辺に近寄り、勢いよくカーテンを開けた。朝焼けの空が広がる。今日も天気はよさそうだ。これなら校庭でのワークもできるだろう。

響は着替えると、首からネームプレートを下げた。

「児童指導員　相田　響」と書いてある。

ゆっくりと部屋を出る。一晩過ごした部屋は自分の居室ではない。宿直室だった。大体十日に一度くらいの割合で宿直がある。

ハナ児童養護施設。ここが響の仕事場であり、かつ四歳の時から育った場所でもある。なんらかの理由で家族と暮らせなくなった子供が共同生活をしていく施設だ。

生まれた時から聴覚に障害があった響は母の手でここに連れてこられた。よく晴れた日で、一張羅《いっちょうら》のおでかけ用ワンピースを着せられ電車に乗った時には、楽しい一日が待ち受けているとワクワクしたのを今でも覚えている。窓の外には見たことのない景色が流れていき、響は夢中になった。

けれど、待っていたのは、心躍る思い出の一日などではなく、母との訣別《けつべつ》の日だった。

施設の玄関先で母は施設長となにやら険しい顔をして話し合っていた。時折響の方に目を向けられたから、自分のことを話しているのだと察することはできたが、なにを言われているのかは全くわからなかった。この頃の響には、まだ唇の動きを読むことも手話をすることもできなかったからだ。

「必ず迎えに来るからね。先生たちの言うことをよく聞いて、いい子にしてるんだよ」

母は響の前に屈《かが》んでそう言ったのだと思う。そして、振り向きもせずに立ち去った。

それが母を見た最後だった。

捨てられたのだと理解する頃には、なんとか園になじんでいた。一人で生きていかなければいけないと思えば、夜毎涙を流したところでどうにもならないと他の子供たちを見て理解した。

十八歳までここから特別支援学校に通い、一度園を出て就職したが続かなかった。専門学校に入学し直し、児童指導員の資格を取って今度は職員として戻ってきた。いくらなんでももう母がここに自分を迎えに来ることなどあろうはずもないことくらいわかっている。ただ、他のどこにも行く場所がなかっただけだ。だったら、古巣が一番心が安らぐというものだ。

午前中の仕事は教材作成、その後は学校から戻った子供たちが園庭で遊んでいるのを見守る。遅くまで何度も『ＯＮＬＹ　ＦＯＲ　ＹＯＵ』を読んでいたから、暖かい日差しに眠気を誘われる。

横山《よこやま》先生が近づいてきたことにも気づかなかった。軽く肩を叩《たた》かれ振り向くと、いつもの温厚そうな顔が少し曇っている。

「お疲れさま」と手話で話しかけられ、同じ言葉を手話で返した。

「元気？　最近どうなの？　あんまり寝てないみたいだけど、毎晩なにしているの？　子供たちともあまり話さないし。なにかあった？」

　この人は昔からこうだ。見ていないようでどんな些細《ささい》な変化も見逃さない。だから、こちらも嘘《うそ》はつけない。

「いえ……最近読んでる漫画のヒロインがかわいそうで」

「『ＯＮＬＹ　ＦＯＲ　ＹＯＵ』？　まだ連載してたんだ。長過ぎでしょ」

　そういえば以前ハマっていると話したのを覚えていたようだ。横山先生も少し読んでみたらしいが、響ほど夢中になってはくれなかった。

「長くないですよ。終わってほしくないです」

「最近どうして『発話《はつわ》』の練習に出ないの？　頑張れば発声だってきっと上達するのに。あなたのためにもなるし。子供たちと一緒の時も役に立つのに」

　何度このやりとりをしたことだろう。発話とは、聾者《ろうしゃ》であっても声を出し、言葉を話すことだ。響は声帯にはなんの問題もない。だから、声を出すことはできる。ただ、声というのは、相手の声、自分の声を聞いて正しく発声するものであり、見よう見まねで発話しても、健常者のそれとは同じものにならない。今までも何度か外で発話してみて相手が顔をしかめ、中には笑いを噛《か》み殺しているのを見てしまったことから、声を出すことには抵抗があった。

「話したくないんです。自分の声も聞こえないのに」

響ははっきりと伝えた。この理由を言えば、たいていの健常者は黙るとわかっている。

横山先生がさらになにかを言おうとした時、七歳になる誠《まこと》が響のそばに駆け寄ってきた。何の用だろうと思う間もなく、響の耳元で「ワッ!」と叫んだ。

響は動じない。驚いたのは横山先生だった。

「コラッ! 先生になんてことするの!」

横山先生に怒られても誠はひるむことなく、いたずらっぽい笑みを浮かべ、走っていってしまった。

ただでさえ音のない空間に気まずい沈黙が流れた。

響にとっては、耳元でどんなに叫ばれても、子供の温かい息と大声が起こしたであろう振動をくすぐったく感じるだけだ。

響はぎこちない微笑みを浮かべ、横山先生はそっと目を伏せた。

園庭では子供たちが楽しそうに走り回っている。響にとってすべては無音の世界の中で起きていることだった。

ふと「子供の情景」というシューマンの曲集名が脳裏に浮かんだ。シューマンの時代にもやはり子供というのは大声を上げながら走り回る存在だったのだろうか。

3

ガラガラガッシャーン！

けたたましい音に机に突っ伏したまま眠っていた真治はハッと体を起こした。

「助けてーッ」

声は多恵の部屋からだ。真治は重たい体を引きずるようにして立ち上がった。

「ばあちゃん、どうした？」

呼びかけながら扉を開けると、足の踏み場もないほど散らかった部屋の隅で多恵が仰向《あおむ》けになってジタバタともがいていた。体はガラクタに埋もれている。倒れた拍子に頭からガラクタの山に突っ込んだのだろう。

「真治ッ、早くどかしておくれ。死んじまうよ」

真治は急いで駆け寄ると、ガラクタを掘り起こすようにして多恵を引きずり出した。

「大丈夫？　ほら、起きて」

多恵は箪笥《たんす》によりかかり、息を弾ませている。

「朝から転ぶなんてなんなのさ、まったく。なんか憑《つ》いてるんじゃないのかい」

「だから、こういうのはもう捨ててよ。前から危ないって言ってるじゃない」

どうして読みもしない古雑誌や二度と着ない服、穴のあいたバッグや決して使うことのない筋トレグッズが必要なのか。真治は頭痛と苛立《いらだ》つ気持ちを抑えて言った。

「捨てるもんか。全部使えるもんなんだから。この部屋が狭すぎるんだよ」

多恵は震える手でひとつずつガラクタを脇へ寄せていく。その手つきは確かに宝物でも扱うようようだ。

「いいよ、俺がやるから。また転ぶだろう」

「じゃあ、車椅子に乗せとくれ」

真治はため息をつくと、部屋の外にある電動式車椅子を持ってくると、多恵を助け起こしてなんとか座らせた。

「痛い。痛いってば。もっと丁寧にできないのかい。思いやりのない孫だよ」

いちいち悲鳴を上げるのだが、それがわざとだということはとっくにわかっている。

「まったくこの足は。使えないくせに一丁前に痛むんだから」

本当ならばここで慰《なぐさ》めるところだろうが、もうそんな気持ちにもなれない。

「不満ばっかり言ってないでリハビリに行きなよ。いつまでこうしているつもり？」

声が尖《とが》ったのを聞きとがめたのか、多恵の表情が途端に険《けわ》しくなった。

「なんだって？　ばあちゃんに向かって言いたい放題言って。足手まといってことか」

「いや、ばあちゃん、そうじゃなくて――」

「世の中信じられるのは自分だけとはよく言ったもんだ。もう結構。そんなに邪魔ならどっかで野垂れ死んでやる。探すんじゃないよ。もうたくさんだ」

捨て台詞を投げつけると、多恵は不器用に車椅子を操作して出ていった。真治は追わない。どうせ遠くまで行けるはずもないのだ。ああやって心配してほしくて暴言を吐く。

いつからあんなふうになってしまったのか。幼い頃、ひとりぼっちになった真治を抱き締めてくれた胸は温かく頼もしかったのに。だが、きっとそれは自分のせいだ。祖母は真治がちゃんとした会社に就職し、たくさんの金を稼いでくれることを期待して必死で生きてきたのだ。

真治は目の奥に激しい痛みを感じ、部屋の中で立ち尽くした。朝日がまぶしいせいだと心の中で言い訳をしながら。

数時間後、真治はオンライン漫画制作会社ファイブドリームス社の社長室にいた。応接セットとは名ばかりの粗末なソファセットのテーブルを挟んだ向かい側では、社長の平山省吾がパソコンを真剣な目で睨んでいる。見ているのは、真治が描き上げたばかりの『ＯＮＬＹ　ＦＯＲ　ＹＯＵ』の最新話である。

あまりにも平山の顔が険しく、なにも言われていないのに、つい真治から言ってしまった。

「平山さん……社長、あの、連載は打ち切りですか？」

だが、平山は顔を上げようともしない。

「せめてあと十五、いや十話ください。それだけあればなんとか綺麗《きれい》に完結させられるかと――」

平山は突然吹き出した。なにがおかしいというのか。十話もかけるんじゃないということなのか。

「いやあ、泉本先生、おめでとう」

おめでとうだと。それは嫌味か。真治は警戒《けいかい》し、じっと平山の顔を見た。

「ついに努力が実を結んだねえ。『ONLY FOR YOU』の映画化が決まったよ」

真治は絶句《ぜっく》した。言われている意味がわからない。

「ただし、条件があるんだわ。このプロットに書かれてる漫画の結末がねえ……優し過ぎ。どうしたもんかね」

「優しい、ですか？」

どういうことだろう。ハッピーエンドでなにか問題でもあるというのか。

「まだまだ駆け出しだから言ってやってんの。よーく聞けよ。『タイタニック』、『ある愛の詩』観たでしょ。人生は悲劇なのよ。ヒロインのスミレいるじゃん、あの子死なせようか」

平山は尊大《そんだい》な態度で真治を見下ろすように言った。

真治はあまりの提案に言葉も出せずにいた。それをいいことに平山はさらに調子に乗って話し続けた。

「それでこそ感情が生きるんだよ。刺激的にいこう。うん？ それでこそ読者の涙を引き出せるんだよ。『鎖骨《さこつ》に涙がたまるほど』」

少し前に決まった作品のキャッチフレーズをわざとらしく発音しながら言うと、平山は内ポケットから厚みのある封筒を取り出してテーブルに置いた。封が開いたままでそれがまとまった金額の一万円札の束だとわかった。真治は我ながら情けないと思いつつ、つい封筒に目が行ってしまう。

「スペシャルボーナス。映画が公開されたら、あと五は出すよ。やるよな？」

「社長、いいストーリーというのは、結末ありきなんです。エンディングが変わったら、作品が崩壊《ほうかい》する恐れが……。いきなりテーマまで変えてしまうのはいくらなんでも――」

「わかってるよ。じゃあ、次回は冒頭四ページカラーでいこう。俺の言う通りにしとけ。単行本の発売までこぎつけてやったんだから。俺を信じろよ」

平山は封筒をさらに真治の方に押し出した。

「単行本ですか？」

真治は耳を疑った。まだ自分の名前のついた単行本は数えるほどしか出ていない。しかも、今は絶版で書店で手に入れることすらできない状態だ。

「そう、単行本よ。知ってるでしょ。最近オンライン漫画が本になるなんて、ほんのひと握りの話だからね」

平山が恩着せがましく言うのも無理はない。紙の週刊誌や月刊誌とは違って、ネットで連載される漫画はいつでも読める。それが単行本となって書店に並ぶなんて夢のような話なのは確かだった。

「単行本の表紙とあと全巻に書き下ろしでおまけ漫画をつけるから、とりあえず明日には一、二巻のラフを進めてよ」

「あの、それは連載を休んで単行本の作業をするってことですか」

「いや、どっちも。そこはさあ、休まず踏ん張ろうよ」

「でも、さすがに体が……」

「単行本が出たら印税も入るってのに、まさか嫌なの」

まるで真治の方が非常識でもあるかのように平山は顔をしかめた。真治は返す言葉を失った。

「俺が売れっ子漫画家にしてやるからさ。頑張ろうよ」

いつの間にか握らされていた金の入った封筒を見下ろし、真治はぎゅっと目を閉じた。

ファイブドリームス社を出た真治は、ぼんやりと歩いていた。確かに今嬉《うれ》しい知らせを聞いたはずなのに、重たい疲労感しか覚えない。

向こう側から足早に誰かが歩いてきた。顔がぼやけてよく見えない。目をこすり、見開く。

沙織だった。画面越しではない、リアルな実体を持った沙織は、さらさらの髪に念入りなメイク、華やかな色のワンピースというおよそ漫画家のアシスタントには見えない格好だった。

その沙織が突然真治に抱きついてきた。

「オニ山から聞きました。おめでとうございます。これで先生もメジャーの仲間入りですね。これも全部私のおかげですよね。私たち最強のチームですよね。ご飯おごってくれますよね」

なにも言えずにいる真治に沙織が腕を絡ませてきた。豊かな胸が腕に当たる。相変わらず真治は笑えない。

「飯はまた今度で。単行本の準備しないといけないからさ」

「え、単行本⁉　ホントですか！」

沙織は大きな声を上げた。道行く人が振り返る。そして、食事を断ったというのに、気に留める様子もなく、今度は真治の手を取ってブンブン振り回した。

「泉本真治の『ＯＮＬＹ　ＦＯＲ　ＹＯＵ』ついに単行本化！　先生、これでやっと本物ですね」

今までは偽物だったとでもいうのか。戸惑う真治をよそに沙織は夢見るような表情で続けた。

「作業場も探して。アシスタントももっと募集して――えっ、もしかしてカラーも描くってことですか。うわあ、早く始めましょ」

沙織は真治の手を引っ張って歩き出した。沙織が有能なアシスタントであることは間違いない。真治も苦笑しながら引っ張られるままに歩き出した。

二時間後には、真治と沙織は真治の家のリビングダイニングで作画作業を始めていた。

真治は沙織の突き刺すような視線など気づかぬ振りで作業を続けていた。平山との会合の内容を聞いた沙織は怒っていた。

「どういうことですか。お金に目がくらんだとかですか。先生、いつも言ってますよね。いいストーリーは結末ありきって」

それはまさに真治自身が平山に対して反論を試みた言葉だ。文字通り返す言葉もない。

「どうするつもりなんですか」

「……スミレ。スミレに死んでもらわないと。それが映画化の条件」

「今なんて？　気は確かですか」

「『鎖骨に涙がたまるほど』の作品にしないと。人生この作品で終わりってわけでもないんだし、これでちょっと名を上げて、次に大作をやればいいさ」

口だけは勇ましいが、真治自身がそうは思ってないのが、沙織にも伝わったようだった。

沙織はスタイラスペンを置いて真治を正面から見つめると、手を握ってきた。

「先生、読者はどうするんですか」

真治は答えられなかった。なにか言わなくてはと思った時、玄関ドアが開き、多恵が電動車椅子に乗って家の中に入ってきた。いつも玄関で車輪を拭いてほしいと言っているのだが、そんなことはおかまいなしなのだ。

沙織はたった今までの重たい空気がなかったかのように、サッと立ち上がると、多恵ににこやかな笑みを向けた。

「多恵さん、こんばんは」

多恵は真治と沙織の間の微妙な空気を察したのか、嫌な目つきをした。

「あんたたち、またここでなにしてんだい。ベッドならあっちの部屋だよ」

品のない冗談には笑えない。真治はのろのろと立ち上がり、祖母に手を貸そうと車椅子に近寄った。車椅子にはたくさんのレジ袋がぶら下げられている。買ってきたばかりの食料品から拾ってきたガラクタまでなんでも入っている。

突然その中の一つが落ちて、中から把手のとれたマグカップが転がり出た。それを拾おうとした多恵の服のポケットからはパチンコ玉が数個落ちて部屋の隅へ逃げ込むように転がっていった。

「またこんなに拾ってきて。パチンコ、また行ってたの」

「触るんじゃないよ。全部一人になったら使うものなんだから。あんたたち、結婚したら、どうせ私のことを追い出す気なんだろ」

「いや、なに言ってんだよ――」

そもそも沙織は恋人なんかではない。

「身を粉にして苦労して育ててきたっていうのにさ、歩けなくなったからって、見捨てるつもりだろ」

「見捨てるってなんだよ」

真治の言葉も気持ちも祖母に届かなくなってどれくらい経《た》つのか。真治はひどい疲れと頭が割れるほどの耳鳴りと痛みを感じ、目の前が真っ暗になった。立っていられない。膝をついて頭を抱える。痛い。痛い。

「どうしたんですか。大丈夫ですか」

沙織が真治の顔を覗き込む。

「……なんでもない」

「もっと人間らしい生活が送れる仕事にしな。だから絵描きなんてやめろって何度も言ってるんだよ」

多恵はこれでも心配しているつもりなのだろうか。

「絵描きじゃなくて漫画家です」と、沙織が反論する。

「どっちだっていい」

多恵にとっては同じことだ。真っ当な勤め人以外は認めようとしないのだから。

「そこ、喧嘩《けんか》しないで」

真治は無理やり笑顔を浮かべて仲裁《ちゅうさい》しようとする。

「とにかく、薬飲んで寝ることだね」

「それができたら、とっくにやってるって」

多恵はなんとも言えない目つきで真治を見て黙り込んだ。納得していない仕事でも、昼も夜もなく漫画を描くことで生活がかろうじて成り立っていることは理解しているのだ。口汚く絵描きなどやめろというのも、祖母なりの優しさなのかもしれない。

4

ハナ児童養護施設、その居住棟の一室が今の響の住まいだ。今夜は宿直ではなく、しかも明日は休み。好きなだけ夜更かしができる自由な時間だ。響は『ONLY FOR YOU』を再び読み返すことにした。もう何度目になるかわからない。セリフもすべて覚えてしまったくらいだ。

この作品に惹かれる理由はなんなのだろう。主人公のスミレとマモルの姉弟の貧しく悲惨《ひさん》な生い立ちが自分と似ているからだろうか。

特別支援学校を卒業し、最初に就職したのは小さな事務用品の会社だった。任されたのはデータ入力と簡単な経理業務の手伝いだった。

仕事は一生懸命にやった。しかし、忙しい時に電話を取ることができないというのは、一般の社員からすると、よほど腹立たしいことだったらしい。社長が親切であればあるほど、あらぬ疑いをかけられ、疎《うと》まれた。いくら聞こえなくても、相手が自分を嫌って悪口を言っていることは、その場の空気が教えてくれる。

結局事務用品の会社は一年で辞め、今度は人と関わらなくて済む工場で働いた。自動車部品をつくるラインで検品作業をする仕事だった。ただひたすら手元に集中していればよかったし、他の人たちが機械音で頭が痛くなるということも、響には関係なかった。

しかし、ここでも人は優しくなかった。ある時、他の工員のミスを押しつけられた。連絡事項を聞いていなかった響が悪いということにされ、いづらくなって辞めた。そして、なけなしの貯金で専門学校へ行き、指導員の資格を取ってここに戻ってきた。

もっと頑張れば、反論すればなんとかなったのかもしれないと思うことはある。でも、響には味方と呼べる人は一人もいなかった。

響に近づいてくる男は常にいた。だが、最初は筆談やスマホの音声変換機能などで会話をしていても、やがて言葉を交わすコミュニケーションができないことに業を煮やし去っていく。それは女友達とて例外ではなく、響は誰かに期待する気持ちはとっくに失っていた。

職場でのトラブルは、園の先生たちに相談すれば、抗議のひとつもしてくれたかもしれない。だが、卒業した身で今さら忙しい恩師たちの手を煩《わずら》わせたくはなかった。

その点スミレは違う。マモルを守るためにとことん戦う。マモルもまた姉の心が折れそうな時には自分でつくった曲を心を込めてピアノで奏《かな》でる。そんな味方がいれば、どんな苦労だって乗り越えられるだろう。おまけにスミレには恋するノボルという存在もいるのだから。

　漫画の登場人物と自分を引き比べるなどという愚《おろ》かなことをした自分を笑いながら、響はコーヒーを淹《い》れてくると、パソコンに向かった。

　トップページを開くと飛び込んできたのは、カラーになったスミレとノボルとマモルのイラストだった。

　お知らせ欄には、「実写映画化決定！」「単行本発売記念カラー版リリース！」という文字が躍っていた。

　響は驚いて画面を凝視《ぎょうし》した。『ＯＮＬＹ　ＦＯＲ　ＹＯＵ』が実写映画化。アニメではなく、生身の俳優がスミレたちを演じるというのか。一体誰がキャスティングされるのだろう。ワクワクする反面、ちゃんとイメージ通りに演じてくれるのだろうかという不安もよぎる。

　そんなこと、今から心配することじゃないか。

　響はファンレターフォームを開いた。今まで何度となくここから作者の泉本真治にメッセージを送っている。返事が来たことは一度もないが、応援している気持ちを届けたかった。

なにを書こう。少しだけ考え、響はキーボードに向かった。

「単行本化とても嬉しいですし、映画化も楽しみにしています。先生の描く、貧しくてどんな不幸に見舞われても自分を見失わず前向きなスミレを見て、私も頑張ろうという気にさせられます」

なんとも平凡な文章だ。でも、応援する気持ちは必ず泉本真治先生に届くはずだ。

なぜかわからないが、『ONLY　FOR　YOU』のストーリーと登場人物に夢中になる一方で、この漫画を描いている泉本真治という作者にも心惹かれた。知っていることは、デビューからのおおよそのプロフィールのみ。写真はどこにも公表されていない。どんな顔をしているのだろう。

他の作品は、もう手に入らなくなっているものばかりだ。入手できるものは読んでみたけれど、なんだかいかにも発注されたものをこなしているだけという感じがして、いまひとつ夢中になれなかった。

『ONLY　FOR　YOU』だけが泉本真治作品の中で熱中できる作品だったのだ。

一体どんな人なのだろう。こんなストーリーをつくれるということは、それなりに苦労もしている人なのではないだろうか。虐《しいた》げられる者の気持ちがとてもリアルに描かれているのだから。

恐らく東京に住んでいるのであろう。いつか会いに行けるだろうか。例えば、映画が完成した暁《あかつき》の試写会や舞台挨拶などの機会があるのではないだろうか。

いけない。気づけば空が白み始めている。またとりとめもない思索の中で夜更かししてしまった。人と自由に語り合うことができない響は、考え事をしているだけでいくらでも時間がつぶせてしまう。それは子供の頃から変わらなかった。

響はあくびをすると、ベッドに入った。

5

響が『ONLY FOR YOU』映画化のニュースを見てファンメッセージを送信した頃、真治はひたすら作業に没頭《ぼっとう》していた。ファンからのメッセージは全部目を通していた。ただし、全員に返事を書く暇はなく、一部の人だけに返すのも申し訳ないと思ってしまい、一度も返事を書いたことはない。

寝不足でフラフラだった。毎週の連載ですら大変なのに、単行本化のための作業がただでさえ少ない睡眠時間を圧迫する。

夜十時を回った頃、頭痛が耐《た》えがたくなった。たしか頭痛薬があったはずだと、引き出しを開ける。同時に目に入るのは、分厚い請求書の束だ。もう六カ月も滞納している健康保険の保険料。多恵の医療費の請求書。これが真治が簡単に病院に行けない理由でもある。さらにスマホの延滞料にサラ金からの督促状《とくそくじょう》。借金は多恵がパチンコ代のために勝手に借りてしまったものだ。なんとかしないと大変なことになる。

真治は平山から渡された封筒を開けた。必要な順番に、金を仕分けしていく。厚みのあった封筒の中身はあっという間になくなってしまう。

突然スマホが震え、真治はビクッとした。「オニ山」と出ている。一瞬躊躇《ちゆうちょ》したが、無視するわけにはいかない。勇気を振り絞って通話ボタンをタップする。

「あ、先生？　素晴らしいよ。『ＯＮＬＹ　ＦＯＲ　ＹＯＵ』、じわじわ話題になってるよ。ランキングも上がってるし」

電話の向こうは酒場なのだろうか。賑やかな嬌声《きょうせい》が聞こえる。一瞬こいつは俺が心と体を削って描いた金で楽しく酒を飲んでいるのかという黒い気持ちがわき上がった。もちろん口には出さない。

「ありがとうございます」

「出版社の編集長も大喜びだし、カラーもすごい反響だ」

それは嬉しい。だが、次の瞬間、嬉しい気持ちは一瞬で戸惑いに変わった。

「『週刊ヤングバルバル』にも連載決まったから。十八ページ、大至急ネーム考えてくれる？」

「いや、ちょっとスケジュール的にそれは――」

「ヤングバルバルだよ。紙の雑誌に載るんだよ。いいわけ？　こんなチャンス逃して。今頑張らないでいつ頑張るんだよ。スミレが言ってるじゃん。つらい時こそ笑うのよって。つらいことの先はいいことだらけなんだから」

電話の向こうで若い女性の笑い声がひときわ高く響き、平山は一方的にまくし立てると、じゃあよろしくと電話を切った。真治はぼんやりと手の中のスマホを見つめるしかなかった。

憧れのコミック雑誌に連載が持てるなんて、少し前なら飛び上がって喜んだことだろう。しかし、今は疲れ過ぎていた。

沙織が持ってきてくれたエナジードリンクで頭痛薬を流し込むと、集中しろと自分に言い聞かせノートに向かう。頭は割れるように痛む。それを振り切るように、ひたすらペンを走らせた。

「これが終われば眠れる……これが終われば……」

自分に言い聞かせる。だが、突然手が震え始め、視界がぼやけた。

真治の最後の記憶は、床に頭を打ちつけたと思われる時のゴツンという鈍い音だった。

気づいた時には、なにかに乗せられ、自分の体が横になったまま移動していた。見知らぬ誰かが真治の名前を呼び、ここがどこかわかりますかと尋《たず》ねてくる。視界は水の中にいるようで、天井の明かりらしき光がぼんやりとわかるだけだった。

そうか。自分はストレッチャーに乗せられているのか。よくドラマで見る、病院に担ぎ込まれるシーンと一緒だ。病院のシーンを描く時の参考にしなくては。

そんな場違いな考えが浮かんだ。

平山から新連載のことを告げられたところまでは覚えている。その後、どうしたのだったか。そんなことより早く帰って原稿を描かなければ。そう思っていたら瞳にライトを当てられた。

再び意識が遠のいていった――。

久しぶりによく眠ったと思った。

消毒液の匂いが鼻をつく四人部屋の病室で一夜を過ごした真治は、窓から差し込む光の中に不機嫌そうなオーラを発する人影を見た。痩せたシルエット。

「ばあちゃん？」

「早く寝ろっていつも言ってるのに、聞かないから。なんてざまだよ。体に気をつけろってあれほど言ったろ。ばあちゃんだってしんどいのに勘弁しとくれ」

言葉こそきついものの、心配してくれていることは声の調子でわかる。

だが、どうしてこんなにも顔が見えないのだろう。

聞けば、仕事をしながら部屋でものすごい音を立てて倒れた後、真治はいくら呼びかけても反応がなかったらしい。疲労がたまっているところに無理やりエナジードリンクで頭痛薬を多めに飲んでしまったのもいけなかったのだろう。慌てた多恵が救急車を呼び、一泊の入院となったのだった。

真治はそのまま眼科に回された。

慢性疲労《まんせいひろう》がたまっているとしか思えないくたびれた雰囲気の医師が真治を待っていた。真治にはよく見えていないから、くたびれた医者だなというのはあくまでも雰囲気から受け取る直感なのだが。

「急性閉塞隅角《きゅうせいへいそくぐうかく》 緑内障《りょくないしょう》だと思われます」

「え、今なんて……？」

「目がおかしいと思わなかったんですか。相当な痛みだったと思いますけど」

「いや、あの、その閉塞なんとかって――」

まずは病気の説明をしてほしい。

「閉塞隅角緑内障。眼圧が急激に上がり続けて正常値に戻らずに起こる病気です。症状が悪化して急性緑内障発作が起きたのかと」

「発作？」

「結構前から症状が出てたでしょう。もう少し早く来ていればねえ」

来ていたらどうだというのだろう。

「これって治るんですか。俺の目……俺の目どうなるんですか」

医師は答えなかった。ますますその姿がぼやけてくる。かろうじて彼が首を左右に振ったことだけはわかった。

どうやって家に帰りついたのか覚えていない。絶えず多恵から悪態をつかれながら、タクシーに乗り込み、機械的に住所を告げた。なんとか自室に入ると、預金通帳を取り出す。目を凝らして残高を確認する。

四十二万三千三百円。これがこの家の全財産だ。

医師の言葉が脳裏によみがえる。

引き続き目に負担のかかることは避けなくてはいけない。これ以上悪化させないためにも眼圧を上げないように。

これは仕事をするなということか。

決定的だったのは、このままの生活を続ければ完全に失明するということだった。さらに脅かすように、どうしても退院するというのなら、大きい病院で必ず精密検査を受けろと言われた。だが、今の真治にどうして入院など続けられるだろう。

スマホの着信音が鳴った。おそらく沙織だろう。だが、真治は出ようとしなかった。手探りでスケッチブックを広げ、鉛筆を握った。震える手でなんとか絵を描こうとする。自分がなにをしたいのかすらわからない。ただ、描いても描いても線はもはや形になっていないことだけはわかる。

手が滑って鉛筆が床に落ちた。どこだ。手探りで拾おうとするがつかむことすらできない。真治にはその様子を恐怖の目で見つめている多恵の姿もまた見えなかった。

この日を境に真治は壊れた。ただひたすらに布団をかぶって、ありとあらゆることから逃げ続けた。目を閉じてさえいれば、目が見えないことも気にならない。だから眠っている時が唯一安心できる時間だった。

そんな日が何日も続いて、ついに根負けするように沙織からの電話に出た。

「中村さん、もうほかの仕事を探した方がいい」

沙織は真治の本心からのそんな言葉を聞かずまくし立てた。

「一体どうしたんですか。二週間電話にも出ないで、家に行っても開けてくれないし」

「……目が見えないんだ。見えないから仕事にならない」

電話の向こうで沙織が絶句した。

「……どういうことですか」

ようやく絞り出したかのような沙織の質問に答える気力はなかった。とにかくほかの仕事を探してほしいと一方的に電話を切った。これだけのやりとりでさらに頭痛が悪化する。

これから自分はどうなってしまうのか。自分から漫画を取ったら一体なにが残るのだろう。どうやって祖母を食べさせていけばいいのか。

もうなにも考えたくなかった。真治は再び布団をかぶり、誰も助けてはくれない闇へと沈んでいった。

6

真治が廃人《はいじん》同然になってしまったことは、遠く離れたハナ児童養護施設で働く響にも大きく影響を与えていた。

響は職員室で四年生の算数の教材をコピーしていた。単調な上にやかましい音がする古いコピー機を使っての仕事は、健聴者の先生たちはあまりやりたがらないが、響は仕事をしながら物思いにふけることができるので嫌いではなかった。

枚数を入力すると、あたりを見回した。ちょうど授業中でほかの先生たちはいない。離れたところに座っている副園長は日当たりのいい席でうたた寝している。響はこっそりポケットからスマホを取り出すと、漫画サイトを開いた。

ため息が出た。『ONLY FOR YOU』は依然として無期限休載のままだ。

泉本真治は一体どうしてしまったのだろう。すでに新作が発表されなくなって半月になる。いったいいつまで休載なのか。無期限ってどういうことなのだろう。

その後は子供たちの暮らす部屋の点検作業となる。これもまた一人で行なう作業だから気が楽だ。二段ベッドはそれぞれの子供の個性が出ていて、きちんとベッドメイクしてあるベッドもあれば、布団がぐちゃぐちゃのままのものもある。枕投げでもしたのか、床に枕やぬいぐるみが転がっていた。

クマのぬいぐるみを拾い上げながら、やはりここでも響は『ＯＮＬＹ　ＦＯＲ　ＹＯＵ』のことを考えてしまう。スミレがノボルから初めてもらったプレゼントが、クレーンゲームで取った小さなクマのぬいぐるみだったからだ。

スミレやノボルに会いたい——。

そんなに急に再開されるはずなどないとわかっているのに、再びスマホを開いてしまう。当たり前だが、休載のお知らせに変わりはない。

ついに響はその場にしゃがみ込んでしまった。自分でも驚くほどにいつの間にか『ＯＮＬＹ　ＦＯＲ　ＹＯＵ』がなくては生きていけなくなっていたようだ。これでは完全になにかの中毒患者の禁断症状ではないか。

響は自分で自分の気持ちを立て直すことができなかった。

7

真治は久しぶりに顔を洗っていた。目が涙やら目脂《めやに》でギトギトになり、さすがに気持ち悪くなってきたのだ。流れる水を掌《てのひら》ですくってバシャバシャと顔にかける。水の冷たさが自分の今の状況を容赦《ようしゃ》なく浮き彫りにする。自分がどうしようもなく使えないヤツになってしまったのだと思うと、泣けてきた。涙が止まらなかった。

鏡に目をやる。ぼんやりと霞《もや》がかかったような人の形が浮かび上がっていることしかわからない。鏡の中の自分になんとか見慣れたはずの自分を見出《みいだ》そうと目を凝らした。

その時、ふいに視界が暗くなった。さっきまでぼんやりと感じていた光がさらに暗くなった。ただでさえ見えにくい目の視力が一段と落ちたらしい。

これからどうすればいいのか。そもそも生きていけるのか。考えることすら億劫《おっくう》だ。

キッチンの方からガシャンとなにかが割れる音が聞こえた。真治は手探りで音のした方へ向かう。祖母が床に倒れているのがかろうじてわかった。

だが、真治には、ひっくり返った鍋や割れた食器は見えてない。

「ばあちゃん!?」

真治は壁を伝って多恵に近づこうとした。だが、すぐに足を滑らせ転倒してしまった。床に手をつき這《は》っていく。

「来るんじゃないよ」

ようやく多恵に触れた。なんとか助け起こそうとつかむと、痛い痛いと騒ぐ。

「ばあちゃん、ご飯つくろうとしたのか。そんなこと誰も頼んでないだろ」

「真治、あんた今ふざけてるんだろ。ちゃんと見えてるくせに、年寄りをからかうのもいい加減にしな。この薄情者が」

その叫びには、信じたくないという悲愴感《ひそうかん》がにじみ出ている。

真治は自分の手になにか液体がついているのを感じた。

「これ、水？　それとも血なの？」

「……水だよ」

違う。これは血だ。祖母は怪我《けが》をしているのだ。真治は震える手でスマホを取り出した。だが、画面はよく見えない。

「ばあちゃん、早く電話して。早く！」

数時間後、真治は大学病院の救急センター入り口に停められたサポートタクシーの中で茫然《ぼうぜん》としていた。

多恵は、大げさにしたくないと救急車を呼ばなかった。そのかわり区役所の福祉課から以前紹介されていた、こういう時のためのサポート要員がドライバーを兼ねるタクシーを呼んだのだった。同乗したものの、病院に着いたところで目の見えない真治はかえって足手まといになると車の中で待つことになったのだった。

救急センターのドアが開き、サポートタクシーのドライバー・菅原哲也《すがわらてつや》が戻ってきて車に乗り込んだ。

「お待たせしました」

「すみません。すっかりお任せしてしまって」

「いえいえ。仕事ですから。おばあさんの腕の傷は深くないので、心配いりませんよ。先生によると足の怪我は一週間ほどの入院が必要だそうです」

菅原は人のよさそうな声をしている。きっといい人なのだろうと真治は思った。

「ありがとうございます。脳卒中の後遺症で、体が不自由で……」

多恵は五年前に倒れてから体が満足に動けなくなったことが悔しいらしく、すっかり性格も変わってしまった。変わったというよりも、むしろもともと持っていたきつい一面が表に出てきたというべきか。

「病院で面倒を見てもらえますよ。では、僕はそろそろ戻りますので」

それは車を降りろという意味だとわかった。真治は恥をしのんで言った。

「お願いがあるんですけど……家まで送ってもらえませんか。あの、今何時ですか。まだ夜ですか」

「もしかして全然見えないんですか――」

菅原は真治が見えないなりに一人で行動できるのだと思い込んでいたようだった。

だが、目のことを理解した後はすぐに車を出した。

「心配いりませんよ。なにもかもうまくいきます。『つらい時こそ笑うのよ』」

おどけたように芝居がかった調子で言った。真治はハッとした。その様子に菅原は照れたように笑う。

「あ、これですか。僕が一番好きな漫画のセリフなんですよ」

真治が答えずにいると、菅原は快活《かいかつ》に続けた。

「目はいつから不自由なんですか」

単刀直入な問いかけに見栄も嘘も必要ない。

「よくわからないけど、一カ月くらい前からかな。昼なのか夜なのかもわからなくなってから。もう仕事もできません」

「なんのお仕事されてたんですか」

「漫画を描いてました」

「漫画？　漫画家さん？　え、どんなの描いてたんですか」

「『ＯＮＬＹ　ＦＯＲ　ＹＯＵ』っていう……」

「え――」

菅原は運転中にも拘わらず真治の方を見た。

「オーマイガー！　おー、先生！」

漫画家がなぜ先生と呼ばれるのかいまだによくわからない。真治は苦笑した。

「マモルはピアニストになれるんですか」

こんなところで読者に会うとは思わなかった。真治はさらにぎこちない微笑みを浮かべることしかできない。

「お会いできて光栄です。僕がいつでも力になりますから」

目の病気が発覚して以来、初めて嬉しい言葉を聞いた気がした。

「……早速お言葉に甘えるようで申し訳ないんですが、祖母の面倒も見られなくなってしまって。今本当に困っています」

「ああ、おばあちゃんですね。なにかいい方法があると思うので、僕が調べておきますよ」

菅原の言葉は不思議と力強さとほんの少しの安心感をもたらしてくれた。

8

響は困惑していた。『ONLY FOR YOU』が掲載されている漫画サイトは、作者に直接メッセージを送ることができるのが特徴の一つで、しかも、相手がそれを読んだかどうかもわかるようになっていた。

響のメッセージボックスの「開封確認」タブを何度押しても、泉本真治に送った十数通のメッセージは未開封のままだった。今までは返信こそ来ないものの、ちゃんと既読になり、自分のメッセージが届いているという安心感と喜びが得られたのに。

泉本真治は一体どうしてしまったのだろう。『ONLY FOR YOU』を待っている読者のことなど全く考えてないとしか思えない。響は心配を通り越してだんだん腹が立ってきた。

ふと泉本真治がSNSをやっていたことを思い出した。今までは定期的にチェックはしていなかったのだが、ひょっとしたらここになにかヒントがあるかもしれない。

イチョウ並木がある公園の写真がやけに多い。見下ろすような角度で遠くにビル群が写っているから、高台にあるのだろう。それから、自宅。マンションというより団地みたいな古ぼけた建物。それから自室のベランダから撮ったらしい街並みの向こうに沈んでいく夕日の写真。響は猛烈《もうれつ》な勢いで画像検索を組み合わせ、地図アプリで場所の特定を始めた。

十分も経たないうちに見つけた。ここに違いない。窓からの風景写真の一枚に位置情報も入っていたのだ。ついに泉本真治の自宅を突き止めてしまった。響はその住所を手帳に書き留めた。

この時点で響は自分のことをストーカーだなどとは微塵《みじん》も思っていなかった。『ONLY　FOR　YOU』の新作が読みたい。ただそれだけだった。マモルはピアニストになれるのか、スミレとノボルの恋はどうなるのか、ノボルに今も恋していることがわかった美人の元カノはどう出るのか、それが知りたいだけだった。

響はかなり長い時間考え込んでいたが、やがて意を決したように荷造りを始めた。

泉本真治に会いに行こう――。

9

菅原哲也は見かけによらず、有能だった。目が見えなくなり、祖母の介護どころか、自分がどう生きていけばいいのかわからなくなって途方にくれていた真治に、考え得る限りこれ以上ないくらいの提案をしてくれた。

多恵の怪我は思ったほどひどくはなく、入院一週間ほどですっかり元気になった。そして、今日真治と多恵は菅原の運転する古い小型トラックに乗っている。ガタガタと小刻みに揺れるトラックの荷台には、多恵の部屋のガラクタの中から厳選されたものだけが積み込まれていた。

運転する菅原の隣には真治、その左側には多恵が座っている。真治は多恵の手をしっかりと握っていたのだが、多恵はうるさそうに振り払った。

「ばあちゃん……」

「いいよ。必要ないよ」

「旦那にも恵まれず、子供にも恵まれず、子供に恵まれないから、孫にも恵まれない。あーあ、まったく。苦労して育ててやったのに、なんてありさまだい。生まれたばかりの赤ん坊と女房を残してどっかに行っちまったバカ息子は、死んでるんだか生きてるんだか、三十年以上も音沙汰なしだし。こんな最高の人生、どこ探したってないよ」

「ばあちゃん、俺がいるじゃないか」

真治は再び多恵の手を探り当て握って言う。しかし、多恵の愚痴《ぐち》は止まらない。

「苦労してさ、下働きだろうが雑用だろうが、やらなかった仕事なんてなにもないよ。死に物狂いで育ててやったってのに、結局このザマかい。自分の体ひとつろくに管理できないなんて」

真治は言葉を失う。祖母に少しでも楽をさせたいと思って必死で漫画を描いてきた日々も、そう言われてしまえば、意味がなかったとしか思えなくなる。

気を遣ったのが菅原だった。

「僕も父親の顔見たことないんですよ。ハハハ」

まったく笑えない。狭い車内の空気は凍りつき、そのまま目的地まで沈黙とともに旅することになった。

多恵が暮らすことになった施設はかなり立派なものだった。文句しか言わないような多恵が「ふうん。悪くないじゃないか」と顔をほころばせたくらいだ。さすが顔の広いらしい菅原が奔走《ほんそう》してくれただけのことはある。

担当になるという職員は桜井《さくらい》という女性だった。声が優しい。

「お孫さんも毎日いらしていただいて大丈夫ですよ。一緒にお食事もできますしね。うちに入られたこと、きっと後悔なさらないはずです」

そう言って電動車椅子に乗った多恵の肩に手を置いた途端、多恵は吠《ほ》えた。

「手ぇどけな！」

さすがに老人の扱いに慣れた桜井の笑顔も引きつった。

「ばあちゃん、できるだけたくさん来るから。元気でね」

「たくさん来るな！　見たくもない。なにも要らないから、ほっといてくれ」

捨て台詞が終わる前には、多恵の車椅子は反転していた。桜井は苦笑を浮かべ真治に頭を下げると多恵を追いかけた。

「まったく。見えないっていうのに、わざわざなにしに来んのさ。こっちはいいから自分の体のこと考えなっていうんだよ。ああ、なんで目が見えなくなっちゃうかね。

目がさあ……」

多恵はブツブツと繰り言を続けていた。多恵なりに真治のことを案じているのだが、今さら優しい言葉をかけることなどできないのだろう。

真治は見えないながらも多恵が行った方向を見つめていた。

「どんな感じですか」と、傍らの菅原に訊《き》く。

「なにがですか」

「施設を案内してくれた職員さん。桜井さんは」

「信頼できそうな人ですね。まあ若い頃は遊んでたって感じだけど。声と同じく優しそうな感じですよ」

「色はどうですか」

「え、色？　服は白でしたけど」

「じゃなくて壁の色」

「ああ、濃い茶色かな。黄緑もちょっと混ざっていて」

「ここの匂い、これなんですか」

「わかりません。なんの匂いかな。病院の匂いかな」

菅原はいつまでも不安そうな表情で動こうとしない真治の背中をそっと押した。

その後、菅原に自宅まで送り届けてもらった。最近持つことになった白杖《はくじょう》はまだ手になじまず、どう使っていいかもよくわからない。

「いろいろお世話になって……本当にありがとうございます、菅原さん」

「そんな——。哲也でいいですから」

菅原は手にしていた点字学習器を真治の手に握らせた。真治は不思議そうに渡された器材を手でなぞった。

「点字学習器です。これで必ず勉強してくださいね。まずは点字ですから」

突然今までとは全く違う世界に放り込まれ、いきなり点字を学べと言われても戸惑《とまど》うばかりだった。

「じゃあ、僕はこれで。なにかあったら電話してください、先生。ファイトです」

菅原はどこまでも明るく立ち去った。彼には感謝してもしきれない。

真治は手探りで歩を進め、ソファを探し当て腰を下ろした。一人きりになった室内は静か過ぎる。今まで悪態しか口にしないような祖母でも、いないとなれば喪失感は大きい。

そのまま何時間も座り込んでいた。静けさは真治の心を慰めはしない。

「……なんで俺だけ。なんで俺なんだよッ」

たまらない怒りがこみ上げてきた。なぜだ。なにが悪かった。漫画家になりたいという夢を追い続けたことか。休みも取らず描き続けたことか。

涙が後から後からこぼれてくる。

そして——ぼんやり見えていた視界が電灯を消したみたいに真っ暗になった。

これで今自分は完全に失明したのかと真治は思った。

真治は白杖を投げつけた。額縁が割れる音がした。菅原に渡された点字学習器も投げた。壁に当たってまたなにかが壊れる音がした。

もうなにもかもどうでもいい。これからどうやって生きていけばいいのかもわからない。そもそも生きていたいとも思えなかった。

10

響は新幹線に乗っていた。車内のざわめきも空調の音も聞こえない。その分自分の思いの中だけにいられる。響の目は遠くを見ている。西から東へ、富士山が前方に見え、大きく迫ったかと思うと、後方へと流れていった。

響はスマホを睨み、泉本真治の住む街までの道順を確認した。響は直接誰かと話し合うことが少ない分、ネットの海を自由自在に泳ぎ回ってきた。だからこそネットサーフィンをしていて『ＯＮＬＹ　ＦＯＲ　ＹＯＵ』に出会えたのだ。

東京駅から小一時間。響は私鉄沿線の小さな駅にたどり着いた。ここから二十分ほど歩けば泉本真治の住むマンションがあるはずだ。

スーツケースを転がしながら、一歩ずつ近づいていく。ドキドキする胸の高鳴りが抑えられない。泉本真治に会ったら、どれほど『ＯＮＬＹ　ＦＯＲ　ＹＯＵ』の再開を待ちわびているか、しっかりと伝えなくては。

スマホのナビは間違いなく目的地まで導いてくれた。やはりＳＮＳで見た通りのマンションだ。かなり古くて、壁面にはヒビが入っている。そのヒビの形が写真と同じだ。間違いない。

響はエントランスに足を踏み入れた。まずは郵便ポストを見る。「泉本」と書いたポストはすぐに見つかった。７０２号室か。だが、郵便物があふれている。留守なのだろうか。


その頃、真治は部屋にいた。菅原が多恵の引越しの時に綺麗に片づけてくれた部屋は、怒りに任せて投げつけ壊れたものが散乱し、スナック菓子の袋が散らばり、無残なありさまとなっていた。

真治はリビングの床に座り込み、這いつくばるようにしてスケッチブックに向かっていた。食事は空腹を感じれば、調理しなくて済むものを口にした。それすらなくなった今はインスタントラーメンを固いまま食べた。それも昨日最後の一袋がなくなった。

シャワーももう何日浴びていないのか、自分でもわからない。自分がひどく臭うのがわかるが、どんな姿になろうともう気にもならなかった。

スケッチブックにどんなにペンを走らせても、まともな絵になどなるはずもないのに、次から次へとページを破り捨てながら、ただただ意味もなく描き続けていた。

ああ、もう嫌だ。

真治は床に倒れ込んだ。ピンポーンとやたらに明るい音を響かせ、ドアチャイムが鳴った。どうせまた新聞の勧誘かなにかだろう。出るつもりはなかった。しかし、今日の訪問者はしつこかった。ついにはドアをトントンと叩き始めたのである。

苛立った真治は仕方なく立ち上がり、壁伝いに玄関へ向かった。

「誰だよ!」

しかし、返事はなく、ドアを叩く音が続く。

「誰だって訊いてんだろッ」

真治は乱暴にドアを開けた。そこには響がいた。響はペコリと頭を下げたが、真治に見えるはずもなく、当然のことながら響もまた言葉は一言も発しない。

響は自分の胸の位置にスケッチブックを掲げて見せていた。そこには大きな字でこう書いてあった。

「私の名前は相田響です。私は耳が聞こえず、言葉も話せません。だから文章で書きます。先生の漫画が大好きなファンです。突然の休載が心配になって訪ねてきました。

なにかあったんですか？」

しかし、真治にとってはそこには誰もいないのと同じだった。いたずらだと思った。真治はドアを閉めた。


目の前で無情にもドアを閉められた響は戸惑っていた。泉本真治はかなり具合が悪そうで、不機嫌に見えた。やはり病気なのだろうか。それともファンがいきなり訪ねてくることに辟易《へきえき》しているのだろうか。

ただ、ひとつ気になったのは、真治がひどく悲しそうな目をしていたことだった。

響は再びドアをノックする勇気はなく、肩を落としてドアに背を向けた。


部屋に戻った真治は最悪の気分だった。もうなにもかもどうでもいい。これ以上生きていても仕方ないと思った。

自分でもなにを言ってるのかわからない言葉を叫びながら、そこらじゅうにある物を手当たり次第に投げつけた。暴れた拍子に窓に背中から突っ込んだ。ガラスの破片と共にベランダに倒れ込む。体中に痛みが走る。だが、今はもうそれすらどうでもよかった。

終わりにしよう。なにもかも――。

真治はベランダの手すりに手をかけた。

追い出されるどころか無視されるとは。泉本真治にとってファンが突然訪ねてくるというのは、それほどまでに迷惑だったのだろうか。

響はノロノロとした足取りでマンションの外に出たところだった。ガシャンという音とともになにかキラキラと光るものが頭上から落ちてきた。

ガラスの破片？　子供のいたずらだろうか。

危ないじゃない。なんなの。誰かが嫌がらせで自分を狙ったのだろうか。

見上げた響は息を呑《の》む。七階のベランダで真治が手すりを乗り越えようとしていた。

響は荷物を放り出すと慌ててマンションのエントランスに駆け戻った。

ここから落ちれば楽になれる。そう思っても、見えないからこそ勇気が出なかった。大きくベランダから顔を突き出すと、風が髪を乱す。記憶の中の地面ははるか遠い。

だからこそ、ここから飛べば一瞬で楽になれるはずだ。

自分は最後の最後まで弱虫なのか。情けない。

玄関ドアが開く音がしたかと思うと、慌ただしい足音が近づいてきた。

「誰だ！」

叫んでも返事はない。さっきドアチャイムを鳴らしていた人物だろうか。なにも声を発しようとしないことが怖い。真治は足元のガラスの破片を拾い上げると、めちゃくちゃに振り回した。

「答えろ！　誰なんだよッ」

突然腕をつかまれた。柔らかい手だった。

「う……あ……」

うめくような声が聞こえた。女？　女なのか。振り回したガラスが当たったらしく、女はウッと声を上げた。

「なんだ？　女？　な、なんとか言えよ！　誰なんだよッ」

「う……う……」

「聞こえないのか？　一体誰なんだよ」

女が遠ざかっていく気配がした。足音は台所の方へ行く。そして、流しで水を流す音がした。

「おまえ、なにしてるんだよ。強盗か？」

そんなはずはないと思いながらも支離滅裂《しりめつれつ》なことをわめき散らしていた。

女はそんな真治にかまわず、戻ってくると絞ったタオルで真治の傷口を拭った。冷たいタオルの感触に一瞬気が緩む。

「なんなんだ。そんなの要らないから、放せよ。どうせ俺はもう死ぬんだ。放せって」

女の手が止まった。嗚咽《おえつ》のようなものが聞こえてくる。泣いているのか。やがて、押し殺したような「ウッウッ」という声は「うわ～ん」という子供のような号泣に変わった。声の位置から察するに、床に泣き伏しているようだ。

「……泣いてるのか？　俺のために？　どうして？」

この女は一体何者なのだろう。どこから来たのか。俺になんの用がある？　どうやら耳が聞こえないらしい。なぜ子供のように泣くのだ。疑問がさっきまで死のうとしていた気持ちを萎《な》えさせた。

そのうちに女の気配はそこにあるのに泣き声が途絶《とだ》えた。一体どうしたのだろう。真治は手探りで女の気配がする方に近寄って行った。その体を探り当てる。だが、動かない。手で顔の方まで探っていく。

グウグウという不思議な声が聞こえた。まさかいびきか。いびきをかいて寝ているのか。この場面で？

信じられない。

これが泉本真治と相田響の出会いだった。

響は目覚めた後、あんなにも切羽詰まった状況で、よく眠れたものだと自分がおかしくなった。床の固さで体が痛くなり、目が覚めた時、毛布がかけられていて、自分がどこにいるのかわからなかった。

そして、泉本真治もまたソファで猫のように丸くなって眠っていたのだった。

極度の緊張と疲れが響の睡魔《すいま》の原因だった。前の晩は悩みに悩んでほとんど眠れず、新幹線に乗るまでにも、無理やり施設を後にするために神経をすり減らした。好きな漫画の作者の様子を東京まで見に行くなどと言えば、絶対に反対されるに決まっている。それに泉本真治の状態次第では、なにか手伝うことがあるかもしれない。そうなれば、いつ戻れるかわからない。

「探さないでください」という手紙を施設の先生たちはどう思っただろう。

響は本当になんのあてもないのにすべてを捨てて出てきたのだった。

駅前のビジネスホテルに宿泊し、それから毎日真治の部屋へ通った。休載の理由は、ベランダから飛び降りようとした真治を止めたときにすぐにわかった。なんらかの病気で目が見えなくなってしまったようだ。室内は荒れ放題で、冷蔵庫は空っぽ、ろくなものも食べていないようだった。

響は食料品を買い込み、まず部屋じゅうの掃除に取りかかった。割れた窓には漫画のポスターを貼り、とりあえず雨風が入ってこないようにした。少し前まで誰かが生活していたらしい空き部屋があったが、特に気にもしなかった。真治が一人暮らしなのは明らかだったからだ。

目の見えない真治と耳の聞こえない響。意思の疎通はほとんどできなかったと言っていい。真治には触れることで「足元の床を掃除しているから足を上げてほしい」と伝えたり、なにかを打ち鳴らして振動で気づかせたりするしかない。

真治の方からは、響に意思を伝える術《すべ》はほとんどなかった。声を出しても聞こえないのだから。

しかし、だからこそ、互いの存在を温《ぬく》もりだけで感じることになったのかもしれない。

響は料理をつくり、食卓に並べた。だが、最初真治は食べようとしなかった。与えられたものを素直に受け入れられない、満足に箸を使うこともできない、そんなストレスから、テーブルの上のものをすべて払い落とすことすらあった。

そんな時、響は思い切り真治の背中を叩いた。

「いてっ！　なにすんだよ。なんで叩くんだよ！」

真治の声は聞こえない。響はただただ腹立たしかった。せっかくつくったものを台無しにされた怒りより、幼い頃から人に食べ物をもらうことがどれほどありがたいことなのか叩き込まれてきただけに、怒りを感じたのだ。それになにより真治が生きることを拒絶し、拗《す》ねているようにしか見えないことが、もどかしくてたまらなかった。

それは施設に初めてやってきた幼い子供と同じに見えた。

毎日通ってくる耳が聞こえない女の名は相田響だと何度目かの訪問の時に掌に書かれた文字を読み取って知った。もう生きる気力もないのに世話を焼かれ、あまりの鬱《うっ》陶《とう》しさに食事を拒否した時には激しく叩かれた。一体なんなんだ。

それでもなぜか鍵を掛け、響を拒絶する気にはなれなかった。幼子のように口に入れてもらって久しぶりに食べた温かい食事は涙が出るほどうまかった。

響は髭剃《ひげそ》りまでしてくれた。食欲が満たされ、さっぱりとした時、人間らしい気持ちを取り戻した気がした。状況はなにひとつ変わっていないのに。

真治は窓から入ってくる風に誘われるようにベランダに出た。もはや光もほとんどわからなくなっていたが、暖かな太陽の日差しだけは肌で感じた。

トイレから出てきたらしい響の足音がバタバタとこちらに近づいてきた。そして、まるで真治が飛び降りるのを引き留めるように背中からガシッと抱き締められた。響は真治の背中に顔を埋《うず》め、泣いている。まだ死にたいのかと心で叫んでいるのがわかった。背中に響の体温を感じた。生きている人間の温もりだった。

「一体どうして俺なんかに――」

響はゆっくりと真治を室内に連れ帰った。後から思えば、あの時こそ本当の意味で死ぬのをやめた瞬間だったのかもしれない。

なぜなら今まで真治に死なないでほしいと言った人はいなかったのだから。

ベッドに座らせた真治の掌に響はゆっくりと指で文字を書いた。

——つらい時こそ笑うのよ。

忘れていた。自分で心から思って書いたセリフ。

響はそれだけ書き終えると、部屋から出ていった。ゆっくり休めということなのか、響はもう自分に愛想を尽《つ》かしてしまったのか。

真治はゆっくりと立ち上がった。手探りで響のいるはずのリビングへ向かう。

響は泣いていた。自分が悲しませてしまっているのだと思った。突然どこからともなくやってきたこの天使のような女性を。

真治は手を広げた。しばらくなんの気配もしない。静かな間。そして、響きがためらいがちに腕の中に入ってきた。真治は思い切り抱き締めた。

響はそうやって真治を暗闇の中から連れ出した。真治は決めた。

——生きるんだ。諦めるな。

第二章

1

真治が命を絶とうとした日から静かにゆっくりと時は流れていった。

響はホテルを引き払い、真治と一緒に暮らし始めていた。部屋も今ではすっかり片づけられ、真治自身も髪を整え、失明する前よりずっとすっきりした風貌《ふうぼう》になっていた。

菅原が薬を届けに来た。ちょうどアシスタントの沙織が来ている時だった。菅原は何度か響とは会っていたが、ある日突然一緒に住み始めた女性の存在に興味津々だったらしい。

「一体どうやってあんな素敵な人と知り合ったんですか。先生も隅に置けないな」

「そんなんじゃありませんよ」

真治は苦笑し、菅原に響との出会いを語って聞かせた。

一緒に聞いていた沙織はいまいましそうに壁に掛けられた真治と響のツーショット写真を睨んでいるのだが、もちろん真治にはその表情は見えない。

「今は本当に生きたいんです。目が見えてた頃よりも精一杯」

「そうか。そうですか。いやあ、よかったよかった」

明るく語る真治の話に菅原は涙を流して感動していた。元来涙もろく単純な男なのである。

真治はここでマグカップを手に取り水を一口飲んだ。そして、慎重にカップを元の場所に戻す。響の手で家の中のすべての物の位置はきっちり決められ、真治が生活していく上でなんの不自由もないように整えられていた。

真治は届いたばかりの『ＯＮＬＹ　ＦＯＲ　ＹＯＵ』の単行本第一巻を手に取ると、一ページ一ページめくりながら愛おしそうに撫でた。

「とっても素敵にでき上がったんですよ、先生。カラーページもすごく評判いいです」

沙織は一緒に単行本を見ようと、真治の横に体を寄せた。その時になにげなくマグカップをずらしたことに真治は気づかなかった。

「ついに自分の漫画が単行本にまでなった……漫画家になってこんな嬉しいことはないよ。でも、もう自分じゃ見ることもできない。自分の作品なのに。人生こんなもんでしょ」

真治は自嘲気味《じちょうぎみ》に笑った。目が見えなくなる直前に大半の作業は終えていたとはいえ、ここまでこぎつけるのは本当に大変だった。困り果てた平山が電話をかけようが家まで訪ねてこようが、真治は一切応じようとしなかったからだ。最終的に足りない絵を補い、仕上げまで行なったのは沙織だった。

そして、今沙織に全面的に協力してもらって連載を再開した。

「そろそろ仕事に戻りましょうか。まだまだ全然終わってないし。次のセリフはなんでしたっけ」

リビングのテーブルいっぱいに広げた漫画の資料やパソコンの前に沙織は向き直った。スタイラスペンを手に取り、過去の絵から写し取ってきたものに沙織が手を加えて新たな絵を描く。しかし、ストーリーとセリフはすべて真治がつくる。だから、本当の意味で『ONLY FOR YOU』はやはり真治の作品なのだ。

頷《うなず》いた真治はまず水を飲もうとテーブルに手を伸ばすが、沙織が動かしてしまったカップがどこだかわからず、虚《むな》しく手が泳いでしまった。沙織はしまったという顔になったが、いち早く菅原が手を伸ばしてカップを握らせた。

「しゃべりすぎちゃったね。どこまで話したっけ」

「二人の喧嘩からです。ノボルとスミレの」

真治は目を閉じると、ノートパソコンにつないだ点字キーボードに指を置いた。

真治の脳裏には、暗闇の中から主人公スミレが歩くうらびれた街角が見えている。

真治の指は慣れた調子でキーを打つ。

「スミレ、泣きながら横丁を歩く。一方、ノボルはあちこち走り回って必死にスミレを探す」

点字キーボードで文字を打つと、すぐに横に置いた点字プリンターから点字された紙が吐き出された。真治は点字を指で読んで頷いた。沙織が所定の位置にセリフを埋め込んでいく。

「すっげー！　薬届けに来たついでにこんな職人技でストーリーが誕生する瞬間を目撃できるなんて」

菅原が歓声を上げた。

沙織はといえば、真治の役に立て、かつ再び『ＯＮＬＹ　ＦＯＲ　ＹＯＵ』の連載を再開することができたこと、しかも自分の力が大きいことに対しては喜びを感じていた。

しかし、どうにも気に入らないのは響の存在だった。まさか地方の一ファン、それも耳の聞こえない子がこんなにも真治の心をつかんでしまうなんて想像もしなかった。

沙織にも野心はあった。誰にも話したことはないけれど、漫画家として成功したい。美大に行っただけあって、基礎はできている。器用に真治の絵をなぞることも可能だ。だが、世間を圧倒し、あっと言わせるような絵の才能や人を感動させるストーリーをつくる力がないことも自覚していた。

真治のことは、ずっといいと思っていた。真っ直《す》ぐで不器用で優しくて。そして、女心に猛烈に疎い。だから、いつかは自分に振り向いてくれるのだと信じていたのだ。

それなのに、あんな子に――。

「中村さん？」

「あ、ごめんなさい」

つい真治と響のツーショット写真を睨みつけていた。こんなところを真治に見られることがなくてよかったと沙織は思った。

2

響は仕事先に向かって走っていた。目指すのは、青山の一角、近代的な複合商業施設であるセルテビル。カフェやレストラン、その他の店舗が一階から三階までと、二十七階の高層階には話題の高級レストランが入っている。四階から二十六階は名だたる企業が入ったオフィスフロアとなっている。

響の仕事は清掃員。地味な上っ張り風の制服に三角巾で髪を覆《おお》っている。働き始めて四カ月。ビルに出入りする人たちとはすっかり顔なじみになっていた。

「やあ、響ちゃん」と不動産屋の店長はわざわざ回り込んで顔を見ながら挨拶してくれるし、「あ、響ちゃんだ」と、美容院のスタイリストが手を振ってくる。カフェのバイト店員たちまで「今日は一段とかわいいね」とにこやかに話しかけてくる。

響はその一人一人に笑顔を返すと、一心に掃除に励《はげ》んだ。その仕事ぶりは誰が見ても丁寧かつ迅速《じんそく》だ。同僚のパートのおばさんたちともうまくやっている。彼女たちは仕事の手を休めて噂《うわさ》する。

「若いのに手抜きもしないし、えらいねえ。うちの息子のお嫁さんにしたいくらい」

「聞こえないのに、そんなに褒めてどうするの」

「口の形でだいたいわかってるわよ」

響はニッと微笑み親指を立てる。その笑顔につられるようにおばさんたちも元気よく手を動かし始め、たちまち床も窓もピカピカになる。響が来てから、清掃チーム全体の効率がよくなったともっぱらの評判だ。

一段落ついた時、響に近づいてくる女性がいた。カジュアルだがセンスのいいツーピースを着ている。いかにも仕事ができる女という感じだ。女性は響にチラシを渡し、ゆっくりと微笑みながら言った。

「私、今日新しくオープンしたジャズカフェのオーナーで遠山恵《とおやまめぐみ》と申します。響さんよね。オープンの準備している時、ここで働いてるところをよく見かけたの。あなた、このビルの人たちにすごく愛されてるのね。うちのお店にもぜひ来てね。コーヒー、サービスしますから」

なぜわざわざ名指しで誘われているのだろう。響は不思議には思ったものの、微笑みながらチラシを受け取った。耳が聞こえないと、意地悪されることも多いが、一生懸命働いていれば、ちゃんと認めてくれる人もいる。それが社会人になってから学んだことの一つだ。後でこのことも真治に教えよう。響はそう思うと楽しくなった。

響の心はまた真治のところに飛んでいく。

なぜ『ONLY　FOR　YOU』をいつまでも休んでいるのか、どうしても問い質したくて衝動的に東京にやってきたあの日。もしもあと少し遅かったら、真治は死んでいたかもしれない。そう思うと震えるほど恐ろしかった。頼まれもしないのに、意思の疎通《そつう》も満足にできないのに、毎日のように通った日々も今となっては懐かしい。

結局自分たちは似た者同士なのだと思う。響は聞こえず、真治は見えない。欠けているものは大きい。でも、だからこそ人間としての根本的なところ、本質だけで向き合うしかなかった。

結果的にそれがよかった。この数カ月本当によくぶつかり合った。響だっていつも優しく真治の世話をするばかりではなかった。真治は時々妙に頑固で、融通が利かないところがあった。綺麗好きの響の掃除の頻度が高いとか、ごみをため込むなとか、そんなつまらないことでしばしば喧嘩になった。それでも言葉が通じない分、相手をわかろうとして必死だった。

響は相手の唇の動きを読んで話していることがわかる読唇術も一応体得しているが、

それだけでは響の言葉を真治には伝えられない。そこで今はスマホを使って意思疎通を図っている。響が文字入力した文章を真治が音声変換で聞き取るという具合だ。

死のうとしていた真治が少しずつ自分を取り戻していくのを見ているのは幸せだった。それが恋だと気づいたのはいつの頃だっただろうか。だんだんと好きになっていったような気もするし、会う前からもう好きだった気もする。

真治の白杖が急ぎ足で行き交う人たちの間をコツコツと進んでいく。真治は角から角までの距離を自分の歩数で測っていく。目の前にはイチョウの丘公園があった。

「教えて、詳しく。前になにが見える？」

響は真治の手をとって文字をなぞる。

――夕焼け。赤い。綺麗。

短いやりとりの時には、こうしてスマホを使わず手と手を取り合って言葉を交わす。時間はかかっても、より伝わるものがある。

夕暮れの公園は美しい。真治の耳には、鳥のさえずりや虫の羽音が聞こえる。響にはそれらは聞こえないが、咲き乱れる花の鮮やかさがわかる。風とやわらかな日差しの暖かさ、花の香りは二人に共通に感じられることだ。響は真治の手をそっと花に触れさせる。

世界の感じ方は違っても、二人は幸せだった。

ベンチに並んで座ると、真治は響が首から下げたスマホに向かってゆっくりはっきりと発音する。

「まだ日が出てる？　もうすぐ星が見えるはずだけど」

それを読んだ響は真治の手をギュッと握る。イエスという意味の二人だけの合図だ。

さらに真治は続けた。

「響の夢はなんですか」

響は素早く文字を打ち込むと、それをスマホの音声で読ませた。

「私の夢は幸せな花嫁になることです」

今どき小学生の女の子でも言わないような夢かもしれない。でも、家族に恵まれなかった響にとって、それは切実な願いだった。そして、真治にも訊いてみた。

「あなたの夢はなんですか」

真治は優しい微笑みを浮かべて言った。

「その夢を叶えることです」

嬉しかった。こんなに幸せでいいのだろうか。響は本気で夢が叶うのではないかと、生まれて初めて信じられるような気がした。

幸せな恋人たちを祝福するかのように空に星が瞬《またた》き始めていた。

3

清掃の仕事が終わった後、響は先日恵から教えられたジャズカフェを覗いてみることにした。

TOAD LILY HOTOTOGISU JAZZ CAFEという店名がしゃれたロゴで綴《つづ》られた木製のドアをそっと押して中に入る。

店内では、ピアノとチェロとサックスによる三重奏が行なわれていた。客席にはまだ誰もいない。演奏の音は大きく響き、会話も聞こえないくらいだったのだが、当然響にはズンズンと響いてくるリズムが感じられるだけだ。生演奏の迫力はすごい。響は、入り口付近に立ったまま空気の振動を浴びるように感じていた。

ふいに誰かに肩を叩かれた。振り向くと恵がいた。

「本当に来てくれたんですね。おめでとう、響さん。当店の本日最初のお客様です」

響は恵の唇を読み、ぎこちない笑みを浮かべた。こんな場所には足を踏み入れたことがない。少しだけ覗いて帰ろうと思っていたのに。

「さあ、どうぞ中へ。今日初めてのお客様だから、デザートでもなんでもサービスしちゃいますよ」

恵は響の背中を押して、店内へ誘う。なぜこの人はこんなにも強引なのだろう。

そして、恵が密《ひそ》かに表のOPENのプレートを裏返し、CLOSEDにしたことに響は気づかなかった。

オープンしたてとはいえ、もう演奏も始まっているのに、なぜお客が入ってこないのだろう。頭の片隅では不思議に感じながらも、響は演奏に魅せられていた。特にピアノ。なんて鮮やかな指使いなのだろう。

恵がアイスコーヒーを持ってきてくれた。喉も渇いていたから、遠慮なくいただくことにした。香ばしい香りを感じ、ストローに口をつける。冷たくほろ苦いコーヒーが体に染み渡る。その喉越しに思わず「くー!」と声が出てしまう。身振りでおいしいと伝えながら、響はバッグからメモ帳を取り出し質問を始めた。

「ピアノ素敵ですね。弾けますか」

恵が不思議そうにピアノの方を見た。

「弾けますよ」

「ピアノ、教えてたりしますか」

った。


「え、私が？」

唐突《とうとつ》な質問に、恵は驚いた様子だ。それでも「できますけど」と続けた。

響はさらにメモ帳にペンを走らせる。

「習いたいんです。いくらですか」

自分でもどうしてそんなことを突然言い出したのかわからない。でも、止まらなかった。

「もちろん習えますよ。習えるわ。無料です。む・りょ・う！　いい子には、かわいい子にはサービスしてあげるんだから」

恵は妙にテンション高く言った。聞こえなくてもその勢いは響にも伝わった。響は嬉しくなってメモを書き続けた。

「弾きたい曲があるんです」

「なんですか」

「トロイメライ」

そう、『ＯＮＬＹ　ＦＯＲ　ＹＯＵ』に登場するスミレが大切にしている思い出の曲だ。響にはどんな曲だか想像もつかないが、動画で再生した時には、スピーカーの振動が教えてくれるリズムはとても優しいものだった。

恵は不思議そうな顔をしたものの了承してくれた。

すべては真治のために。高価なプレゼントなどできない響にとってせめてもの贈り物となればいいと思っていた。こんな私を愛してくれているのだから。

その頃真治は自宅で戸惑った表情を浮かべていた。約束していなかったのに沙織が訪ねてきたのだ。沙織は勝手にリビングに入ってくると、作業用のタブレットとノートをさっさとテーブルに置いた。

「なんで今日も来たの。もう二週分終わったでしょ」

「仕上げを一人でやろうとしたけど、できなくて。先生もストーリーだけじゃなくて、これからは作画にもこだわってください。いいでしょう」

「いいけど、作画にどうこだわるの。見えないのに。中村さんの作画も評判いいじゃない」

沙織は過去の真治が描いたキャラクターをデータとして取り込み、新しいストーリーに合わせて変化させることで違和感なく連載を続けてくれていた。確かに仕上げまで真治がやっていた時とは微妙な変化はあるのだが、編集部も読者もそれを受け入れていた。

「まだまだです。もっと教えてください」

そこまで言われて追い返すわけにもいかない。

「ところで、響さんはお仕事?」

「うん、平日は。どこまでやったか説明して」

真治は早く仕事に取りかかりたかったのだが、沙織は違うようだった。

「一人ならお昼までですよね。私、つくりますよ」

「いやいや、中村さんにそんなことさせられないよ。ダメダメ」

今まで仕事以外の話もしたことがなかったのに、なぜ沙織が急にそんなことを言い出したのか真治には理解ができなかった。

「私がお腹空いてるんです。食べてからやりましょ」

沙織は有無を言わさず立ち上がると、キッチンへと行ってしまった。

キッチンはよく整頓されていた。シンクはピカピカに磨き上げられ、安物ではあったが、愛らしいイラストの付いた普段使いの食器がペアで揃《そろ》えられ、食器棚に収まっている。

冷蔵庫には付箋《ふせん》が貼ってあった。

「響のやることリスト
1　真治さんのものは元の場所に戻す（勝手に動かさない）
2　点字を勉強する
3　真治さんに話しかける時は驚かさないようにそっと触れる」
他にも細々と書かれたメモは読むのも嫌になるほど多岐にわたっていた。

冷蔵庫を開けると、大した食材は入っていなかった。

「もう、空っぽじゃない。響さんったら」

沙織は壁のフックに掛けてあるかわいらしいピンクのエプロンを勝手に使わせてもらうことにした。

「先生、響さんといるの大変じゃないですか。自分だってそんな状態なのに」

「大変じゃない。そんな心配要らないよ」

真治は迷いもなく答える。沙織は露骨《ろこつ》にがっかりした顔をする。

「響って、どんな顔してる？　綺麗？」

なんだその質問は。沙織は苛立ちを隠せない。

「まあ普通ですよ」

嘘だった。初めて響を見た時、なんて美しい女《ひと》だと思った。だから、本当のことなんか教えてやるものか。

ドアチャイムが鳴った。途端に真治が表情を輝かせ、玄関に向かう。果たしてそれは響だ。食材でいっぱいになった買い物袋を下げている。

「響！　仕事お疲れ。俺も仕事——」

真治は身振りで沙織がいると知らせた。響は頷いて部屋に入ってきた。沙織が自分のエプロンをつけてキッチンに立っているのを見ると戸惑いの表情を浮かべた。

「どうも、響さん」

その後の気まずさといったらなかった。結局響がその後を引き継ぎ、パスタとサラダのランチを手早くつくった。美味だった。三人で言葉少なに食べたのだが、沙織は響の方をほとんど見ずに、わざと真治にばかり話しかけた。響に唇が読めないような角度で。それがせめてもの悔しさの表現だった。

沙織は耳が聞こえて絵が描ける。再開した連載は前にも増して好調だ。すべて沙織がいてこそだ。沙織は自分にないものを全部持っている。彼女を見ていると、響はどうして真治が自分と一緒にいてくれるのかわからなくなる。

洗い物をしながら響は孤独だった。あんなに嬉しそうにして一体どんなにおもしろい話をしているのか。今までの人生だってほとんどがこんな場面の連続だった。なのにどうして今はこんなにも寂《さび》しいのだろう。響は窓の外に目をやり、なんとか泣かないように、無理やり微笑みを浮かべた。

その日の日記に響はずっと願っていることを書いた。

――私もあなたの声が聞きたい。

4

真治は列車の中にいた。窓の外へ目を向けてはいるがもちろんなにも見えてはいない。

隣に座っているのは沙織だった。

「中村さんは一緒に来ることなかったのに」

「いえいえ。私、今日は時間あるので」

遠出をすることを心配してついてきてくれたのだろうとは思うのだが、目が見えなくなってから仕事を再開し、沙織は以前にも増して真治の世話を焼こうとする。それに見えない真治を心配してなのか、やたらと距離が近い。今も眠いのか、真治の肩に頭をもたせかけている。その沙織がつぶやくように言った。

「本当になにも……？」

「見えないのかって？　うん、見えないよ。中村さん、目が見えなくなるとどうなるかわからないでしょ」

沙織は答えない。答えられるはずもない。

「見えないものが見えるようになるんだ」

こんな言葉で伝わるとは思えないが、真治は今本当にそう思っていた。

「日はこっちかな」

真治が太陽の方に顔を向けると、沙織が驚いたように息を呑んだのがわかった。

「天気はいい？　日差しは見えないけど、見えるみたいだ……もう夢の中でもだんだん音だけになってきてる。音だけ。見えるものが夢の中でも消え始めてる」

真治は見えない目で窓の外を眺め続けていた。今流れていく景色はもう想像することしかできない。


沙織は思う存分近距離で真治の横顔を見つめていた。たとえ目が見えなくなろうとも、やはり素敵だと思う。本人は全く意識していないだろうが。以前から真治のことは気になっていた。優しいところ、仕事に熱中し過ぎると身の回りのことすらかまわなくなるところ、ちょっと浮世離《うきよばな》れしたところ……一歩間違えれば欠点ではあるが、それがこの泉本真治という男の魅力なのだ。

それでも自分から告白しようと思ったことはなかった。いまだかつて男から求められこそすれ、自分から選んでほしいとすり寄ったことなど一度もない。そんなことはプライドが許さなかった。

『ＯＮＬＹ　ＦＯＲ　ＹＯＵ』は、自分というアシスタントがいてこそあそこまで人気が出たのだと思っている。確かにストーリーもセリフもすべて真治がつくり上げたものだが、事務的能力が決定的に欠如している真治のために平山との間に立ってスケジュールの調整までしたのは自分だ。

いつかは振り向いてくれると信じていた。それなのに――。

真治が一切誰も近寄らせなかった時にどこからかやってきて、するりとその心に入り込んだ響という女。耳が聞こえず、真治の仕事の手伝いだってできないし、そもそも意思の疎通すら難しいのに、どうしてあの女が真治のそばにいるのだ。

今日多恵を訪ねるという真治に付き添ってきたのは、響にはできないことを自分はできると見せつけたかったからだ。なのに、こんなに近くにいても、真治は「アシスタントの中村さん」としか見てくれないのか。

多恵の部屋はまたしてもあちこちから集めてきたガラクタでいっぱいで、ただでさえ狭い空間を圧迫している。

多恵は入所した頃より幾分顔色がよくなっていた。だが、真治にはわからない。多恵は真治が手にした白杖を忌まわしいものでも見るような目で見ていた。そのくせ真治が買ってきたパンやお菓子は嬉しいらしく、袋を奪い取るようにして食べ始めている。

「どうしてしょっちゅう来るんだよ。なにか欲しいもんでもあるんか」

「体の具合はどう？」

「リハビリ？　なんのために？　リハビリは？」

「リハビリ？　なんのために？　どうせ死んじまうんだから」

相変わらず本音なのか憎まれ口なのか、多恵は素直ではない。

「死ぬってなんだよ……」

「多恵さん、生きてください。先生だってこんなに頑張ってるんですから」

しかし多恵は、まったく見当違いの方向を見ながら祖母の手を握ろうとする真治をつらそうに見ていた。

「ちょっとだけ待ってて。俺が売れっ子の漫画家になったら、すぐ迎えに来るから」

「いい、いい。要らないよ」

多恵は沙織に向き直った。

「二人は結婚したのか？　一緒に住んでるのかい。身の回りのこと世話してもらってるのかね」

「そんなことしてないよ」真治は即答した。

「私はお手伝いしたいんですけど……」

「一人で大丈夫だよ」

沙織が響のことを言おうとしたのを真治は遮《さえぎ》った。

「中村さん。ばあちゃんと散歩しようか、三人で」

この瞬間、沙織は確信した。真治は響のことを多恵に話していないのだと。それはどういうことなのか。響のことをとても祖母に報告できるような存在ではないと思っているなによりの証拠ではないのか。

5

響は恵のジャズカフェでピアノの前に座っていた。定休日でもないのに、店はクローズにしてあることを響は不思議に思ったのだが、恵は「気まぐれにオープンするからいいのよ」と笑うばかりだった。

響と並んで座った恵は一音ずつ優しく鍵盤《けんばん》を叩いて音階を教えた。

「ド、レ、ミ、ファ、ソ、ラ、シ、ド。さあ、響さんもやってみましょうか」

響は鍵盤に人指し指を乗せた。加減がわからず、あまりにも強かったため大きな音が出る。恵が苦笑した。

「優しくよ、優しく。すごい力ね」

「うん？」

そう言われても響には違いなどわかるはずもない。不思議そうに恵を見るばかりだ。

「そんなに強く弾いちゃダメ」

響に伝わるように恵ははっきりと顔を見ながら話した。響はメモ帳にペンを走らせ、質問する。

「ピアノってどんな音？」

恵は少し考え、微笑みを浮かべて答えた。

「響さんの想像通り、美しいですよ」

「音を感じてみたい」

「でも、どうして『トロイメライ』を弾きたいんですか」

「聴いてもらいたい人がいるんです」

「誰ですか？　だ・れ？」

響はいたずらっぽく笑うと、メモ帳を恵に示した。

「大好きな人」

響は再び鍵盤を叩いた。でたらめだが力強い音がカフェに響いた。

だが、この時響が気づいていないことがあった。カフェの外から望遠レンズを使ったカメラで響のことを撮影している人物がいたのだ。黒い服を着たいかにも怪しげな男である。

恵はその男の存在を認識しているようだったが、なにも言おうとはしなかった。ピアノに夢中になり目を輝かせる響に、手とり足とり教えてやる姿は姉のようでもあった。

この日何者かによって隠し撮りされた響の写真が大画面モニターに映し出されていた。

化粧品メーカー華麗堂《かれいどう》の社長室である。高級感を出そうとしてなのか、ビンテージワインや原色のオブジェなどが飾られているのだが、いかにもつくりものめいていてドラマのセットのような軽さのある部屋だった。

モニターの中では、ビルで窓清掃の仕事をしている響、スーパーで真剣な顔で食材を選ぶ響、小さな子供に微笑みかける響……すべて盗み撮りされた写真だった。

「『探さないでください』という手紙だけを残し、ハナ児童養護施設から姿を消した相田響は、セルテビルで清掃員として働いていました」

モニターを見せながら説明していたのは——遠山恵である。ジャズカフェのオーナーという触れ込みの時には、カジュアルなツーピースを着こなしていたが、今はカチッとしたビジネススーツである。髪も束ね眼鏡をかけ、全く印象が違う。この女の本当の姿は華麗堂の社長秘書なのである。

華麗堂の社長はまだ二十六歳の植村大輔《うえむらだいすけ》。着ているのはハイブランドのスーツなのだが、着こなすというよりスーツに着られているようにしか見えない。

大輔はモニターの中の響に見とれていた。どの表情の響もいきいきしていて、確かに美しかった。思わず手元のコーヒーカップを倒してしまい、慌てている様子は人気化粧品メーカーの社長には見えない。実際父親の急病で譲られた社長の座に就いてまだ間もないのである。

大輔はなんとか威厳を保って言った。

「手紙は読みました」

「ちょうどこのビルでオープン準備をしていたジャズカフェと交渉し、彼女に接近しました」

「彼女はどうしてこのビルで働いてるんですか。居心地のいい施設を出て」

それには答えずに恵は不満げに続ける。モニターには恵が響にピアノを教えている時の様子が映し出されていた。

「不本意にも私が彼女のピアノの先生役までやらされることに。響が弾きたいという曲は『トロイメライ』。私、社長秘書ですよねえ」

恵はこの若く頼りない社長に仕えるのが本意ではないのである。おまけに私立探偵まがいの仕事までさせられて、ひと言言わずにはいられなかった。だが、大輔は全く気にする様子もない。

「『トロイメライ』？　なんだそれ？」

「シューマンの曲です。大好きな人に聴かせたいそうです」

大輔の顔がサッと紅潮した。手元にはハナ児童養護施設内で撮影された写真がある。そこには小学校低学年くらいの男の子と、もう少し下の女の子が写っていた。

「え、大好きな人？　お、俺？」

途端に口ごもり、なぜか照れた顔になる。だが、恵は情け容赦なく続けた。

次にモニターに映し出されたのは、白杖をついてマンションに入る泉本真治の姿だった。

「泉本真治。職業は漫画家。現在響と同棲《どうせい》中です。婚姻届は出していないので、法的な関係ではないようです」

大輔は明らかにショックを受けていた。

「……続けて」

「重要なのは、泉本が視覚障がい者で、目が見えないということです」

「な、なに!?　め、目が――」

動揺した大輔は吃音《きつおん》がひどくなり、言葉にならない。

「耳の聞こえない女と目の見えない男が一緒に暮らしているんです。困難な状況の中で」

「一体なぜ――」

「社長ご自身でお調べになっては？」

「お、俺が!?　無理だ。しょ、しょ、正気か？」

「向こうは社長の姿も見えません。近づいて情報を訊き出して……友達の振りをして、ちょっとお金でもあげれば、彼女のことを諦めてくれるのではないですか」

大輔は考え込んだ。

「た、確かに……」

「彼女をものにしたいなら、ここからは自分で動くべきです。いつまでも隠れていないで、そろそろ勇気を出してください」

社長と秘書というより、もはや姉と弟である。大輔の方も自分より社歴の長い恵にはなにを言われても怒るより納得してしまう。

華麗堂の若き社長は、モニターの中の響の笑顔を見つめ、真剣に考え込んでいた。

やがてなにかを思いついたようにニヤリと笑った。

6

季節はゆっくりと流れていった。真治と響が出会ったのは夏の終わり。今行き交う人々はコートに身を包むようになった。

二人の日々はたどたどしくも、優しく穏やかに流れていく。

響は真治と自然を感じることが好きだった。手をつないで歩きながらすべての感覚を研ぎ澄ます。風を感じること、顔を濡らす雨、太陽の温もり、花の匂い、地面を歩く感触……これだけは見えなくても聞こえなくても、共通に感じられることだからだ。

家の中にいても窓を開ければ、それだけで二人で新しいなにかを感じられる。真治がベランダから手を伸ばすと、その手にどこからか飛んできた木の葉が舞い降りた。真治は木の葉の匂いをかぐ。響もそっと真治の手ごと自分の顔に寄せて息を吸い込んだ。少しだけミントに似ている香りがした。

ふざけて真治が落ち葉を噛んで見せる。響は笑って、真治の掌に文字を書く。真治も笑う。二人は指で会話する。

ふいに響は真治の手首の脈を感じた。そこにはあの二人が出会った日、真治が死のうとした時にガラスでついた傷跡があった。まだ少し赤みを残し浮き上がっていた。

響は死のうとした時の真治の気持ちを思い出し、たまらなくなって真治の胸に顔を埋めた。

トクントクン。心臓の鼓動が間違いなく真治がちゃんとここに存在していると教えてくれる。

——生きてる。

響はなにも伝えない。けれど、真治にもその気持ちはきっと伝わっていたのだろう。

二人は長い間なにも言葉を交わさず、そうやってただお互いの温もりだけを感じ合っていた。

真治と響には、こういう時間がしばしば訪れる。どちらともなくただただ相手を感じるためだけの時間。それはまるでいつかなにかに引き裂かれるのではないか、こんな幸せがいつまで続くのかわからない……そんな漠然とした不安が心の隅にあったからではないだろうか。響はずっと後になって、こういうなにものにも代えがたい瞬間がどれほど貴重だったかと思い出すことになる。

言葉で会話しないからこそ互いにすべての神経を集中する。だから、感じたことはその場であらゆる手段を使って伝えるのが二人のルールだった。

その日の真治はとびきり優しかった。仕事に出掛ける響と一緒に買い物があるからとマンションの外に出た。別れる直前に思い切り響を抱き締める。見えない真治には、もう周囲の目を気にするという感覚はなくなっていた。

「今日の服、かわいいね」

見えていなくても、真治は本心から言う。そんな言葉を嬉しさ半分、ほろ苦い痛み半分で響は受け取る。この人はもしも響が聞こえてもいないのにあなたの声はとても素敵ねと言ったら、同じように感じてくれるだろうか。響には聞こえなくても真治の声がとても柔らかく優しいと感じていた。

響は真治の手を取った。いつものように掌に文字を書く。

──あいしてる。

読み取った真治は響にキスをした。優しいキスだった。

そんな恋人たちの様子を少し離れたところに停《と》めた黒塗りの車の中から大輔が見ていた。爪が食い込んで血がにじむのではないかと思われるほど拳《こぶし》を握り締めている。

真治と響が幸せそうであればあるほど苛立つ気持ちを抑えられない。

真治と響は手を振り合って反対方向に歩き出した。響が車の方に近づいてくる。大輔は慌てて姿勢を低くした。そんなことなど知る由《よし》もない響はスモークガラスに自分を映し、マフラーを巻き直している。ガラスを隔て大輔の顔のすぐ前に響がいた。

固まっている大輔に運転手兼第二秘書の森山《もりやま》が呆れたように言った。

「社長、この車、外からは見えませんよ」

そんなことはわかってる。しかし、ずっと密かに探っていた響がこんなに近くにいるのだ。動揺するなと言う方が無理というものだ。


真治は菅原と一緒に銀座にいた。菅原は車道側を歩きながらそっと真治がその肘に腕を添え歩く速度に合わせていた。サポートタクシーのドライバーである菅原はあらゆる障がいを持つ人の扱いがうまい。人とぶつからないように気遣いながら真治を導いていく。目が見えなくなってから出会った菅原は、響と同じように顔を知らない分、本質的な部分で信頼できる人物だと真治には思えた。

「哲也さん、お忙しいのにこんなお願いしてすみません」

「先生ったら、気にしないでくださいよ。仕事が終わってから来てるんだし。好きでやってるんですよ」

菅原は真治が『ＯＮＬＹ　ＦＯＲ　ＹＯＵ』の作者だと知った時から、どんなにやめてくれと言っても先生と呼ぶのだ。その度に真治はどこかくすぐったい気持ちになる。

「女の子にクリスマスプレゼントあげたことはありますか」

「ああ、そういえばもうすぐクリスマスですよね」

ハロウィンが終わったら、早くもクリスマスツリーが飾られるような街並みの中にいて、今気づくというところがこの男のいいところだ。

「あれ知ってますか、先生？　『賢者の贈り物』。Ｏ・ヘンリーの短編小説なんですけど、これがいい話なんですよ。若くて貧しい夫婦がいるんですけどね、プレゼントを買うお金がないからって、妻は自慢の綺麗な長い髪を切って、それを売って、そのお金で夫が大事にしている懐中時計にぴったりな鎖を買ってくるんですよ」

「夫の方は、その大事にしていた懐中時計を売って妻が欲しがっていた櫛《くし》を買っていた」

真治は笑いながら続けた。

「そうそう。僕、あれ読んですっごく泣きましたよ」

「『鎖骨に涙がたまるほど』、ですか」

平山が得意とするフレーズをつい言いたくなる。

「『ＯＮＬＹ　ＦＯＲ　ＹＯＵ』ほどではないですよ！」

菅原は鼻を膨らませて強調した。まったくファンというものはありがたいと真治は思った。

「自慢の髪と大切な時計……そう、プレゼントって自分の一番大切なものをあげたいっていう気持ちですよね」

それは真治の本心だった。響がいなければ、今自分は生きてはいない。『ＯＮＬＹ　ＦＯＲ　ＹＯＵ』だって中途半端に終わっていただろう。

あの日から一日も欠かさず自分に寄り添い続けてくれた響。生い立ちもどんな生き方をしてきたのかも、よくは知らない。ただ、身寄りがなく、今まで勤めていた職場にはもう戻らないと決めて今日まで一緒にいてくれた。

言葉は交わさないが、笑い声や息づかいは聞こえる。響はちょっとしたことでもよく笑う。こんな自分に愛していると何度も何度も指で書いて伝えてくれた。

そんな響に真治はなにか喜んでもらえるようなプレゼントがしたかった。

しばらくして菅原は立ち止まった。

「さあ、着きました。後ろに入り口、目の前の道にタクシー乗り場があります。用事が済んだら必ずタクシーに乗ってくださいね」

「ありがとうございます。もう大丈夫です」

「先生、漫画家諦めないでくださいね。まだ終わったわけじゃありませんから」

そう言うと菅原は励ますように真治の手を固く握った。そして、菅原の足音は、今来た道を戻るような方角に向けて消えていった。いつ会っても気持ちのいい男だし、一緒にいるだけで元気になる。きっと心や体を病んだ人たちからは引っ張りだこだろう。それなのに自分の用事をいつも優先してくれる。真治には返すものなどもうなにも残っていないのに。

真治は菅原が立ち去った方向に軽く頭を下げると、店の入り口に向かって踏み出す。看板に手を伸ばし、そこに書かれた点字を読む。

いずみジュエリーショップ。

スマホの音声機能を利用してネットで知った今若い女性に人気のアクセサリーを扱う宝石店だった。

その頃響は、職場であるセルテビルの休憩所で物思いにふけっていた。ここは鍵を持っているビルのメンテナンス関係者しか入れない。一般社員も訪問客も来ることはないため、思索にはもってこいの場所だった。

「今日はなにを考えているの？」

同僚である松子《まつこ》が質問した。言葉は直ちに手元のスマホの音声変換で響に伝わる。最初は耳の聞こえない仲間などどうしたらいいのかわからないと言っていた松子や武《たけ》美《み》は六十歳を大分過ぎている。だが、スマホを使ってコミュニケーションを取る方法にはすぐに慣れ、響とのおしゃべりを楽しむようになっていた。

「クリスマスプレゼントのこと」

響は素早く指を動かして画面に今考えていることを表示して見せた。

「あはは。二人でなにか美味《おい》しいものでも食べたらいいじゃない」

松子の提案は単純すぎる。

「なにか意味のあるプレゼントをしたいんです」

「私たちはもうおばさんだから、ときめきもないし、そういうのはわからないわ」

松子におばさんと一緒くたにされた、ほんの少しだけ年下の武美は反論を開始する。

「あら、私はあるわよ。でも、意味のあるってどういうの。なあに？　ほら、あれ、セクシーな、ほら、なんて言うの？　ランジェリー？　熱いクリスマスの夜をさあ」

ランジェリーという言葉が思い出せない段階で十分おばさんではあるのだが、武美は現役だと主張したいらしい。

「またあ、見えもしないのに——」

思わず余計な一言を漏らしたのは夏子《なつこ》だ。もう孫もいる年齢なのだが、いつも考えなしに発言しては周りを凍らせる。その夏子の口を松子が慌てて塞いで、続けた。

「私が思うに、意味のあるプレゼントっていったらさ、彼氏さんの目を見えるようにしてあげることなんじゃない。ほら、最近は角膜移植とかできるんじゃなかった？」

いかにもいいことを言ったと得意げだが、自分がどれほど難しいことを言ったのかは自覚がない。案の定、響はスマホに浮かび上がった松子の言葉を読んで考え込んでしまった。

「目のプレゼント？　いいわねえ」

どういうつもりなのか、武美まで同調する。

「二人でシェアすればさ、お互いのことが見えていいじゃない」

さらに夏子がいかにもいいアイデアだというように言った。

「いや、そういうつもりじゃないわよ。無理無理。なに言ってんの」

今度は松子が慌てる番だ。これではまるで響に自分の角膜を片方真治にプレゼントしろと言っているようなものではないか。

ワイワイ言い合う三人の言葉は、幸か不幸か錯綜《さくそう》して響のスマホでは聞き取れなかった。だが、一つだけ確実に聞き取れた言葉は、響に今まで考えてもいなかったことを気づかせた。

——角膜移植。

響はすぐに検索を始めた。もしも真治に視力を取り戻す方法があるのだとしたら。自分が真治のためになにかできることがあるのならば、どんなことでもする。響にはもう周囲のことなど見えなくなっていた。

7

いずみジュエリーショップの店内で真治は戸惑っていた。真治が入店するとすぐに丁寧な物腰で近づいてきたマネージャーだという男は田中と名乗った。見えない真治を迷惑がるそぶりもなく指輪のコーナーに案内してくれた。

そして、真治が希望するのは、恋人へのプレゼントだということ、贈る相手が決して華美なところのない控えめな女性だということを聞き出すと、いくつかの候補の指輪を柔らかなビロード張りの平たくて四角い皿の上に出してきた。真治は指で触れ、その感触を確認する。

「きっと綺麗なんでしょうね」

指先に感じるのは冷たさだけだが、カットされた部分や装飾の施された台は引っかかることもなく滑らかだ。

「はい。とても美しく輝く指輪ですよ」

「本当に美しいんですね。触り心地がいいのはわかります」

真治にとっては、どんなグレードだろうが、どんな大きさだろうが、その価値は関係ない。ただ、響に似合うもの、喜んでもらえるものが欲しかった。

「ご存じですか。ダイヤモンドは『不滅《ふめつ》の愛』を象徴しているんですよ」

「不滅の愛……」

決して色褪《いろあ》せることのない愛ということだろうか。たとえどちらかがいなくなったとしても。なぜか真治は咄嗟《とっさ》にそんなことを思った。縁起でもない。慌てて意識を指輪に戻す。

「指輪は一度も買ったことがないんです」

真治は正直に打ち明けた。この柔らかい声の持ち主である田中になら、なにを言っても馬鹿にされないのではという気がした。

「お探しのご予算は？」

田中は穏やかな声で質問した。当たり前の質問なのだろう。そもそもダイヤモンドの指輪というのは、いくらぐらいするものなのか。自由になる金はあまりない。もっと調べてから来るべきだった。響を喜ばせるプレゼントを手に入れたい一心でここまで来てしまった自分が恥ずかしくなった。

「すみません。ありがとうございました」

真治は一礼すると、田中が呼び止めるのも聞かずに店の外に出た。

店と歩道の間には段差があった。思わず転びそうになるのを必死にこらえ歩き出す。怖い。目が見えていた頃、白杖をつきながら歩いている盲目《もうもく》の人を見てもなんとも思わなかった。そんなことができるのは当然なのだろうと感じていたくらいだった。だが、こうして一人だけ雑踏の暗闇の中にいることにとてつもない孤独と恐怖を感じた。

タクシー……タクシーに乗らなくては。そう思ったが、つまずいた時に方向を見失ってしまったようだ。菅原に教えられたタクシー乗り場がわからない。

「そっちは危ないですよ。気をつけて」

突然若い男の声がした。それは植村大輔だったのだが、当然のことながら真治は尾行されていたことなど気づいてもいない。

「大丈夫ですか」

「ああ、はい。杖《つえ》がありますから、大丈夫です。でも、ご心配ありがとうございます」

真治は声の方に頭を下げ、行こうとした。まだ街の中で見知らぬ人に助けを求めることができない。

しかし、男はなぜか真治の肩をつかんだ。

「お礼なんて。私はもともとかわいそうな人を見ると放っておけなくてね」

親切そうな言葉の奥に小さな悪意がにじむ。だが、言っている本人は気づいてもいないらしい。

「なんでもお手伝いしますよ——じゃなくて、お、お手伝いしましょうか」

男はなぜか言い直すと、急に遠慮がちに言葉を詰まらせた。とりあえず真治は厚意に甘えることにした。

「すみません。タクシーに乗りたいんですが」

「タ、タタタ、タクシーですか」

大輔は近くに待機していた自分の車の運転席の森山に素早く合図を送った。車はスッと近づいてきた。

「タクシー来ましたよ。乗りましょう」

大輔はいかにもそれがタクシーであるかのように振る舞い、自宅まで送ると言って真治を後部座席に乗せた。

ドイツ車の最高クラスのセダンである。車は滑るように走り出した。

「ここまでしてくださらなくても……。それにしても、このタクシー、とても乗り心地がいいですね」

革張りのシートは手触りもよく、車内は新車の匂いがした。

「し、新型の高級タクシーみたいですね」

言い訳が苦しい。だが、真治は信じた。

「あの、お名前をお伺いしてもよろしいですか。僕は泉本真治といいます」

「だいす――いや、大作《だいさく》です。植松《うえまつ》大作」

咄嗟の偽名に運転席で森山が吹き出した。大輔が睨むのをバックミラー越しに見ると、森山は首をすくめた。だが、真治は気づかない。見えない目で窓の外を眺めている。

「植松さん……ありがとうございます。タクシー代はここからお願いします」

真治はポケットから薄い財布を出し、渡そうとした。

「やめてください、本当に。困っている人からお金なんかもらえません。不自由してませんから」

タクシー代だと言っているのに、大輔の言葉はおかしい。だが、その言葉の勢いを怪訝に思ったが、強引に感じるほどの言い方に、ここは素直に従うことにした。

やがて車は真治のマンションの前に着いた。真治が降りると、大輔も続いた。

真治は丁寧に頭を下げた。

「ご親切にありがとうございました。では、失礼します」

踵《きびす》を返そうとした真治を大輔は引き留めた。

「こういうところに住んでるんですね。築何年ですか。結構経ってるでしょ」

大輔なりに話の接ぎ穂を探しただけなのだが、この発言がどれほど失礼なのか全く自覚がない。真治はそれには答えず、もう一度小さく頭を下げた。

「今日はありがとうございました」

歩き出す真治に大輔は慌てたように言葉をかける。

「あ、あの、泉本さん！　せっかくだし、お茶でも一杯いただけませんか。実は私、障がい者や児童養護施設の支援もしてますし、かわいそうな方々をたくさん手助けしてまして、ご自宅にも伺うんですよ。必要な物がないか確認して、支援をさせていただこうかと。世知辛い世の中ですから、助け合わないとね。そうでしょ」

真治は足を止めた。そして、大輔の方を向くと、厳しい顔で言った。

「高級な革靴にシルクのスーツ、高い香水をつけてるからって、世界で一番偉いわけじゃないですよ」

驚いた大輔は真治の目の前でひらひらと手を振ってみた。この男は本当は見えているのではないかと試すように。

「やめてください。見えなくても全部見えるんですよ」

真治には相手がなにを感じ、目の前でなにをしているかくらいのことはわかる。大作と名乗ったこの男の靴が高級なことは足音でわかるし、スーツのことは触れた時の感触で、香水に至っては言うまでもないことだ。もともと漫画家として人を観察するのはクセだったが、視力を失ってから感覚が一段と鋭くなっている。

「はい……」

「体が不自由な人を助けてくださるのはありがたいんですけど、かわいそうという目で見るのだけはやめてください。僕は目が不自由でも、かわいそうなわけじゃありませんから」

「え——」

「自己満足のためならやめてください」

それだけ言うと、真治は背を向けた。大輔がプルプルと震え始める。いまだかつてこの男の人生で他人からこんなふうに批判されたことはないのだ。

「お、おい！　ち、ちょっ、ちょっと、そんな言い方はないだろう。し、失礼じゃないかッ」

大輔は真治の前に回り込み、進路を塞いだ。そして、真治の肩を押しながら激しく怒り出した。

「ひ、人がしゃべっているのにスルーか！　いけ好かないヤツだな。お、恩を仇《あだ》で返そうっていうのかッ」

真治は大輔の手を振り払うと、グッと詰め寄りネクタイをつかんで、低い声で言った。

「お帰りください」

大輔がひるんだ。なにも言えなくなっている。

目が見えなくなってからというもの、真治には人の気持ちがよくわかるようになっていた。親切ぶって近づいてきたこの男の目的がなにかはわからないが、明らかに友達になりたい人間ではなかった。

8

響のピアノレッスンは続いていた。遠山恵と午後ジャズカフェで過ごす時間。たどたどしいながらも、少しずつメロディーになっていく。もちろん響には自分の奏でる音がわからない。ただ、音が震わせる振動を感じ取るだけだ。

ピアノに触れる時間は限られている。だから、響は画用紙に鍵盤の絵を描いて、指の運びだけは暇さえあれば練習していた。これだけは真治の前で堂々とできる。

「トロイメライ」は少しずつ形になり始めていた。

この日も響は夢中でピアノに向かっていた。隣にいた恵が怪訝そうな顔で入り口の方を見た。そこには不機嫌そうな表情を露《あら》わにした沙織がいた。

「あれ？」

「はい？　私のこと知ってるんですか？」

「あ、ごめんなさい。人違いでした」

恵は響の身辺調査で響を取り巻く人物の一人として中村沙織を認識していたため、思わず名前を呼びそうになり、慌ててごまかした。

沙織は真っ直ぐ響に近づいてきた。

「響さん、なんでこんなところでピアノなんか習ってるの」

沙織はピアノの前に置いてある楽譜に目を留めた。

「『トロイメライ』? これって私たちの作品のテーマ曲じゃない。泉本先生と決めるのに苦労したのよ。どうしてこれを練習してるの」

横に置いてあったスマホがたちまち沙織の言葉を拾って文字に変える。「私たちの作品」という言葉に響は疎外感を覚える。『ONLY FOR YOU』は、響が真治と知り合うずっと前から沙織と一緒につくり上げてきたもので、そこに響は介入できない。

「ああ、そうか。先生に聴かせるために練習してるんだ」

沙織は訳知り顔で笑顔を浮かべると、親指を立ててみせた。

恵は二人を交互に見て言った。

「お客様、お飲み物はどうなさいますか」

「響さん。誤解されちゃまずいから言うけど、これは私が選んだ曲なの。先生が好きな曲じゃなくて」

沙織は恵の言葉を無視して、響の顔を覗き込むようにして言った。

「真治さんのおばあちゃんもこの曲が好きでね。今施設にいるんだけど。わかる？　お・ば・あ・ちゃん。おばあちゃんにもあなたの演奏を聴かせたいの？」

スマホを見つめていた響は驚いて沙織を見上げた。そして、急いで指を走らせる。

「おばあちゃんがいるんですか」

「あれ？　知らなかったんですか」

沙織はわざとらしい驚きの表情を浮かべる。想像通りこの秘密の破壊力は抜群だと思った。

響は突然立ち上がると、恵に挨拶することなくカフェを飛び出した。

ショックだった。真治には家族はいないと思っていた。それなのに、祖母がいたなんて。なぜ自分に隠していたのだろう。

涙が後から後からあふれてくる。人にどう見られようと気にもならなかった。

気づけば真治と暮らす家に戻って来ていた。真治は静かに点字の本を読んでいたが、気配に驚いたように顔を上げた。

「響？」

荒い息づかいにいつもと違うことを感じたようだ。

「どうしたんだよ、響。なにかあった？」

響は真治が近づいてくると、大声で泣き出し、真治をめちゃくちゃに叩き始めた。

「痛い。痛いよ、響。どうしたんだよ。俺がなにかした？」

響は真治の手首をつかむと、その手に文字を書く。

「おばあちゃん」

真治がハッとした顔になる。やっぱり隠してたんだ。響はさらに文字を書く。

「今から行きましょ」

施設にいるというなら、そこへ行きたい。会わせてほしい。真治はしばらく困ったように考え込んでいたが首を振った。

「ダメだ」

どうして。どうしてなの。訳が知りたい。もどかしい。響はスマホに素早く文字を打ち込むと音声変換させた。

「私にとって一番大切なもの、ずっと手に入れることができなかったもの、一番欲しいものはなんだかわかる？」

真治は答えない。知っているはずなのに。

「家族です。私には家族がいなかった。今はたった一人あなたがいる。あなたが家族なら、おばあちゃんも私の家族です」

そして、響は真治の瞳を覗き込んだ。なにも映してはいない瞳だが、そこに答えがあるかのように。

真治は揺れている。困らせている。自分でもわかっていたけれど、知ってしまった以上、曖昧なままにはしておけなかった。

9

老人ホームに流れる時間はゆったりしている。誰もがもう生き急ぐことはないからだ。残された時間は神のみぞ知る。

年老いて体が動かなくなり、頭も働かなくなり、だんだんともとの自分を失っていく者もいれば、短気になったり他人を見れば怒りをぶつけたりと、人を困らせる性格が顕著になっていく者もいる。

そんな中にいて、多恵は落ち着いた生活を取り戻していた。苦労して育て上げたたった一人の息子は思ったようには育たず、借金を残して失踪した。きっと生きてはいないだろう。生きていたところで、ろくな人生を送っていないに決まっている。

残された息子の嫁は病弱であっけなく亡くなった。幼くして両親を失った真治を育て上げることだけに人生を捧《ささ》げたようなものだ。

真っ当な仕事をして、当たり前の家族を持つ。真治に望んだことはそれだけなのに、真治は漫画家などという多恵には理解もできない道に進んでしまった。

パチンコにハマったのは、今まで生きてきた人生が虚しくてたまらなくなったからだ。銀色の玉が吸い込まれていく。当たった時のけたたましい音楽とあふれ出す無数の銀色の輝き。一時の興奮が将来への不安を紛らわせてくれる。めったに出ることのない大当たりを期待して、借金してまでパチンコに注《つ》ぎ込んでしまった。我ながらバカだと思う。

もうどうしようもない。そんな時に真治は視力という生きていく上で大切な機能を失ってしまった。代われるものなら代わってやりたかった。挙句こうして一緒に暮らすこともできず、施設に来たことで、パチンコに行けなくなったかわりに、健康的な生活を手に入れたのは皮肉なものだ。

多恵は柄にもないと思いながらもリハビリに励むようになっていた。施設の職員は皆親切で、歩くことができるようになれば、またお孫さんと暮らせるかもしれませんよという言葉が決め手だった。

今日も歩行補助器具を使って少しずつ足を動かす訓練をしていた。そこに飛び込んできたのが菅原だった。

「おばあちゃん。お孫さんがお見えですよ」

初めて会った時から調子のいい男だと思っていたが、今日はさらに笑顔がわざとらしい。だが、なにより真治が来てくれたというのは嬉しいことだ。家からはかなり離れているから、真治が来れば嬉しい反面、心と裏腹に冷たく当たって、早く帰そうとしてしまうのだが。

「今度はまたなんの用だい。ちょっと。車椅子持ってきてちょうだい」

悪態をつきながらもつい顔がほころんでしまう。

響は多恵の部屋で真治とともに緊張しながら待っていた。狭い居室の中はあふれんばかりにガラクタが積み上げられている。それらを見た時、響はもしかしたらおばあちゃんは寂しい人なのかもしれないと思った。心が満たされないから、空間を埋めたくなるのではないだろうか。

そんなことを考えていたらノックもなくドアが開いて、菅原の押す車椅子に乗った痩せた老女が入ってきた。

「来るなって言ってるのに、なんでこうしょっちゅう来るかね」

口の動きと表情でわざと乱暴な言い方をしているのがわかった。この人が真治のおばあちゃん、多恵さんなのか。

多恵はゆっくりと頭を下げる響に目を留めた。

「なんだ、このお嬢さんは。誰だい？」

「ばあちゃん、あのさ――」

「新しい彼女か？」

新しい彼女という多恵の唇の動きに少しひっかかりはしたものの、響はすぐに胸がいっぱいになった。

響はポケットから用意してきた手紙を取り出すと、多恵に近寄り、目を見ながら渡した。多恵はなんだといいながらもすぐに読み始めた。読んでいるうちに徐々に表情が険しくなっていった。

手紙には自己紹介として、まず生まれた時から耳が聞こえないこと、身寄りもないこと、そして、真治の漫画の大ファンであることを書いた。そして、もちろん祖母という真治の家族の存在を知ってどんなに嬉しいかということも。

「どういうことだい。聞こえないだって？」

「うん……だけど、この世の誰よりも素敵な子だよ」

真治の唇が響にとって嬉しい言葉を伝えている。

「まったく。見えなくて、聞こえなくて、私は車椅子だし。こんな最高の人生どこにあるっていうんだかね」

やはり驚かれてしまったか。聞こえない自分と見えない真治。家族だからこそすぐに受け入れてもらえるとは思っていなかった。

響は多恵の前に跪《ひざまず》いた。だが、多恵は響を無視して菅原に言った。

「外に連れてっとくれ」

菅原はどうしていいのかわからず戸惑い、真治の方を見た。真治もまた多恵の真意がわからず、見えない視線をさまよわせていた。

大丈夫。すぐに受け入れてもらえるなんて思ってない。一番落ち着いていたのは響だった。

響は立ち上がろうとはせず多恵の目を見つめた。家族として受け入れてほしいこと、なによりおばあちゃんという存在自体が嬉しいことを伝えたくて。無視していた多恵だったが、やがて響の視線を受け止めた。

響の思いが伝わったのか、多恵は深くため息をついた。

「立ちなさい。まったく二人して一体なんのつもりだい」

ーばあちゃん、彼女は誰よりも素敵な人なんだ。今までもうまくやってきたし、これからもうまくやっていける」

響は隣で多恵に向かって言う真治の唇を読み、その言葉に泣けてきた。真治と出会ってから、すっかり涙腺《るいせん》が弱くなっているようだ。

多恵はそんな響の背中にためらいがちに手を伸ばすと撫で始めた。

「これからの方が大変だっていうのに、今から泣きやがって。そんな弱っちくて、うまくやっていけんのかい。泣いてどうする」

涙で霞んで唇はよく読めなかったけれど、乱暴な言葉と裏腹に背中に置かれた多恵の手は優しかった。

真治は目を潤ませて、黙って祖母の言葉を聞いていた。想像もしなかった多恵の言葉だった。

今まで祖母の存在すら響に伝えなかったのは、自分の目が見えないことで大きな負担をかけている響にこれ以上心配をかけたくなかったからだ。響が幼い頃母に捨てられ、施設で育ち、働きながら孤独に生きてきたことを聞いた時は驚いた。本来ならば、誰よりも手厚いケアを受けるべき人なのに。

響が家族を求めていることは出会ってすぐにわかった。人との関わりで何度も裏切られてきたであろうに、強さと優しさを持っている女性だ。連載が無期限休載というニュースだけでなにかを察してたった一人で遠くから駆けつけてくれた。自分にはとても考えられないし、できないことだ。

だからこそ、歩けない祖母がいることは言えなかった。これ以上負担を負わせくなかった。そして、ここまで育ててくれた祖母を施設に入れるしかなかった自分の腑甲《ふが》斐《い》なさを知られたくもなかった。それは自分のつまらないプライドなのだろう。

そしてまた、多恵にも響の存在を伝えてこなかった。口の悪い多恵のことだ。自分を追い出して女と暮らしているのかということくらいは平気で言うだろう。両親を失った自分を育てるため、祖母は自由に生きられたはずの人生を犠牲にした。いつか楽をさせてやりたいと思っていたのに、楽をさせるどころか満足に自分のことすらできなくなってしまった。

そんな自分が今耳の聞こえない響と一緒にいる。きっと多恵は響を認めないだろう。響にひどい言葉をぶつけるかもしれない。響につらい思いはさせたくない。そんな理由で今日まで祖母に響の存在を知らせずにきたのだった。

だから、多恵の言葉は意外だった。自分はまだまだ多恵という人のことをわかっていないのかもしれない。

だが、真治が驚いたのは、響が祖母に伝えた言葉だった。まさか響があんな提案をするなんて——。


真治が会いに来た。最初に白いワンピースが目に入った時、またあのアシスタントの沙織を連れてきたのかと多恵は思った。

沙織のことは嫌いじゃない。賢い娘だ。真治のことが好きなのは見ていればわかる。もっともいつも夢見がちな真治の方は、まるで気づいていないようだが。賢い娘だが、賢い分計算高くもある。多恵に優しくするのは真治の前だけだ。

だから、響という耳の聞こえない娘を連れてきた時には驚いた。渡された手紙には、綺麗な字で、幼い頃から耳が聞こえないこと、母親はどこにいるのかもわからず、施設で育ったこと、漫画家としての真治の大ファンであったことが簡潔に綴られていた。

よりによって見えない男と聞こえない女が寄り添い合って、どうやって生活していこうというのだ。そもそも意思の疎通すらまともにできないではないか。

そう思ったのに……。

手紙の最後に書かれていた言葉が多恵を動かした。

――私はおばあちゃんと家族になりたいです。

だから、涙を流す二人を励ましたのにそれだけでは終わらなかった。あの娘は筆談ボードとかいうものに文字を書いて見せた。

――私たちと一緒に暮らしましょう！　私がお世話しますから。おばあちゃん。

驚き、しばらく声が出なかった。出会ったばかりの自分に、それも歩くこともできず、孫の足手まといにしかならない老婆にこんなことを言う娘がいるのだろうか。

だが、その目を見れば、本気だとわかった。だから、多恵は言った。

「結構だよ。あいつとやっと離れたってのに、また一緒に暮らせって？　冗談じゃない。あいつのうるさい小言なんか、もう聞きたくないよ。それから、一緒に暮らしてんのに、なんで結婚しないんだい。さっさと籍入れな」

響は嬉しかった。天涯孤独だと思っていた真治に家族がいたこと、その祖母が認めてくれたこと。唇を読む限りでも、物言いは荒っぽい。でも、心の底は優しい人だとすぐにわかった。人の悪意には数えきれないほど遭遇してきたから、表面に表れている態度がすべてではないことを響は知っていた。だから、真治に相談もせずに本気で一緒に住みたいと伝えてしまったのだ。

その後皆で庭に出た。ここで多恵からのサプライズがあった。ずっと車椅子生活をしていくのだと本人も周囲も思っていた多恵が立って見せたのだ。この老人ホームに来てから、リハビリを頑張っていたという。それはとりもなおさずいつかまた真治と一緒に暮らしたいという気持ちの表れではないかと響は思った。

一歩、二歩、三歩……そこまでだったけれど、こんなにも頑張っているおばあちゃん。負けてはいられない。もっと働いて、二人の生活を充実させて、いつか多恵を迎えに来るのだ。新しい目標ができたと響は思った。

帰宅後、真治は長いことスマホに向かってなにかを話しかけていた。そして、小さく頷くと響にスマホを見せた。

「今日はありがとう。俺とばあちゃんは二人きりだと喧嘩ばかりだった。ばあちゃんは俺が嫌いなのだと思っていた。苦労ばかりかけたからね。だから、死のうと思った時もばあちゃんが悲しむなんて考えもしなかった。響に紹介しなかったのも、これ以上、心配をかけたくなかったからだ。ごめん。

でも、響がいてくれてよかった。響がいると、ばあちゃんがよく笑う。響はすごいよ。ありがとう」

読んだ響はまた泣きそうになった。幸せだった。時間が止まればいいと思った。そして、心の中で祈った。

この幸せがずっと続きますように――。

10

華麗堂の社長室には役員たちが集まっていた。全員の視線が大型モニターに集中している。画面の中では、都会的なイメージの誰もが知っているモデルが、雪に見立てた宝石のきらめきの中で踊っている。そして、鮮やかな唇がクローズアップされ、新商品のルージュが大写しになった。

「今回のクリスマスシーズンは、純粋さを強調し、華麗堂の清楚で透明感あるイメージをアピールします。このモデル、今一番旬ですし、選んで正解でした。いかがですか、社長」

プレゼンしているのは、四十代後半のマーケティング部長広島《ひろしま》である。隙のないスーツにシルクの赤いネクタイはクリスマスということを意識しているのだろうか。安直すぎると大輔は思った。

ＣＭは最終判断を待つばかりの段階になっている。

「ご意見がないようでしたら、このまま放送したいと思います。各放送局のメインの時間帯に流す予定です」

広島は焦《じ》れたようにゴーサインを待っている。心の中では、経験もないくせに会長の息子というだけで社長の椅子に座っている自分のことを馬鹿にしているのはわかっている。

「どうだかね。それにこのモデルに純粋さなんて全く感じないけどね」

どうせモデル事務所から多額の袖の下をもらったに違いない。有名人を使えば、それだけで支持されるなどという感性が既に古いとどうしてわからないのだろう。華麗堂の顧客である若い女たちはそんなに甘くない。

大輔の反論に広島は驚いたようだった。

「は、はい。それは——」

会議室のドアが開き、恵が入ってくると、大輔の前に一枚の写真を差し出した。響に関することだとすぐわかった。どんな重要な会議の最中であっても、響になにか新しい動きがあった時には必ず報告するように申しつけてあるのだ。

写真を見た大輔はたちまち表情が暗くなった。それは、老人ホームの前で真治の祖母・多恵が真治と響の手を握っている瞬間だった。車椅子はあるものの、この時だけ頑張って立ち上がったのが見て取れる。

「皆さん、ちょっと外してください」

　社長にもたらされたのがよほど悪い知らせだと思ったのだろう。役員たちは不安な表情を浮かべて社長室を出て行った。

「ど、ど、どういうことだ。どうして泉本の祖母と会ってるんだよ。響はどうやって知ったんだ」

　大輔が興奮して言った。この家族ごっこといった構図。ますます響と真治の関係性が強まった証拠ではないか。この自分に面と向かって自己満足はやめろと言い放った生意気な男。怒りがふつふつとわいてくる。

「泉本のアシスタントの中村沙織が話したんです。彼女は響が祖母の存在を知れば、泉本から離れると思ったようです。祖母の面倒まではみられないだろうと」

「それで？」

「それでも響は泉本のそばに居続けるようです。彼は……まあルックスもいいし、背も高いし」

　そこまで言ってから、慌ててつけ加えた。

「でも、私的には、社長も十分イケてる方だと思いますよ」

なんだそれは。真治なんかより自分の方がずっといい男……いや、少しは負けるが、少なくとも自分は目が見えるし、社会的地位も金もある。大輔は響の前に現在の姿を見せてすらいないことを棚に上げて心の中で真治を罵《ののし》った。

正面のモニターの中では、まだCMが流れ続けていた。大輔はそれをじっと見ていた。ひらめくものがあった。最高にいい考えだ。

「今回のクリスマスシーズンモデルは……あ、あ、相田響だ！」

大輔は、引き出しの中から今まで隠し撮りした響の写真を取り出した。

「まさに純粋そのものじゃないか。彼女以上のモデルはいないぞ。それで、このCMに響を採用して、二人の仲を完全に、物理的に引き離すんだ」

「本気ですか」

恵が呆れて目を丸くした。

「それで結婚するんだ、響と。遠山、公開オーディションをでっち上げろ。どんな手を使ってでも響をキャスティングしてこい。これが最後のチャンスだ。響をキャスティングできなければ、おまえには覚悟してもらうからな」

恵は頭を抱えた。いくら同族経営とはいえ、名の知れた業界大手の華麗堂である。

どこまで公私混同すれば気が済むのだ。なにがキャスティングだ。なにが結婚だ。響と付き合いたいのなら、正々堂々と交際を申し込めばいいではないか。

しかし、一般社員からコツコツ頑張って、やっとつかんだ社長秘書の座。納得のいかない任務ばかりだが、給料は悪くない。こんなことでクビになるのはまっぴら御免だ。

それになにより実際、響にピュアな美しさがあるのは事実だ。

恵は一礼すると社長室を出て行った。

一人になった大輔は笑いが止まらなくなった。なんという素晴らしいアイデアだろう。世間が見飽きた人気モデルなどではなく、まだ誰も知らないピュアな美しさを秘めた響。きっとルージュも売れるだろう。さらにダイヤモンドの原石のような無名女性を新商品のCMモデルに抜擢《ばってき》したセンスある若きイケメン社長、その後そのモデルとの電撃結婚。世間の話題をさらうのは間違いない。きっと会長である父も認めてくれるはずだ。

大輔は大きく引き伸ばされた響の写真を抱き締めた。本当の響をこの腕に抱くのもきっともうすぐだと信じて。

11

真治と沙織はファイブドリームス社の会議室に来ていた。テーブルの上には『ONLY FOR YOU』の単行本が積み上げられている。沙織は満足そうに最近発売になったばかりの二巻を手にとった。

しかし、なにも見えない真治はぼんやりと座っているだけだ。沙織は励ますように、そっと真治の腕に触れた。

「これ、単行本の二巻です。表紙、やっぱりスミレの顔を大きくして正解でした。すごく印象的になっています」

「……そっか」

正面では今まさに平山が最新話のネームの入ったラフ稿をチェックしていた。読み終わると満足そうに顔を上げた。

「ほらぁ、俺の言う通りにしてよかったろ。読者の反応すごいよ。映画会社との話もうまくいってる。うちとの共同制作の話も出てるし、年末には撮影に入れる。泉本は売れっ子の仲間入りだよ」

「ですよね！」

沙織が同調する。だが、真治は嬉しそうな顔にはならない。今平山が見ている原稿には、病院や点滴、スミレの泣き顔など不幸の要素しかないのだ。当初は想定していなかった無理やり入れたエピソードだ。

「あの時は焦った。あのまま連載終了してたら、どうなっていたことか。これ、感謝してもらわないとな」

なぜ感謝しなければいけないのだろう。連載を再開させると決め、自分がストーリーをつくり沙織が過去の絵を参考にして新作を描くことにした時、全く信頼しようともしなかったくせに。そもそも真治が感謝するとしたら、再び創作への意欲を思い出させてくれた響とここまで手伝ってくれた沙織だけだ。

だが、平山は手元にタブレットPCを掲げると、真治の表情など気にかける気配すらなく続けた。

「先生、見てよ。ああ、見えないか。閲覧数がすごいよ。保証する」

「……ありがとうございます」

「スミレが不治《ふじ》の病になるのは誰のアイデア？　俺のアイデアよりいいね」

「はい、私です！」

沙織が手を挙げて自慢げに言った。真治が顔をしかめたのは気づいていないのか、気にしていないのか。実際、真治が平山から「鎖骨に涙がたまるほど」不幸な展開を要求され困り果てていた時、真治がギリギリ妥協できる案を考え出したのは沙織だった。

「よし。俺のアイデアの交通事故も入れよう。悲劇が倍増だ！　中村と俺のアイデアのコラボよ。不治の病から交通事故まで」

さすがの沙織もこれには困惑した表情を浮かべた。

「それは絶対に――」

真治は即座に否定しようとした。不治の病に交通事故だなんて、明らかにやり過ぎではないか。

「ダメだって？　なんでよ」

「それじゃ、無理やり泣かせるっていうか、やり過ぎだと思います。刺激があるってだけで。それよりも、前にお話しした単行本の分のお支払いのことも少し考えてもらえませんか」

真治は一気に言った。平山は真治が見えないのをいいことに、出版契約すらきちんと結ばず今日まで来ているのだ。

「おまえをあちこち四方八方売り込むのに、広告料やら経費やらたくさん注ぎ込んでんだよ。こっちは毎日カップ麺ばっか食べてるっていうのに、感謝どころか、交通事故さえ入れられないのかよ」

もはや無茶苦茶な理屈である。さすがの沙織も黙り込み、嫌な沈黙が流れた。

「どうする？」

「なにをですか？」

「交通事故。入れるの？　入れないの？」

真治は追い詰められた気分になった。もうどうでもいい。

「……わかりました。入れましょう」

「さすが。素晴らしい。あっという間に大作家先生ですよ」

平山は内ポケットから財布を取り出すと二十枚ほど一万円札を取り出し、社用封筒に入れ、真治の手の中にねじ込んだ。真治はギュッと目を閉じた。屈辱《くつじょく》に耐え奥歯を嚙みしめる。

一体自分はなにと戦っているのだ。あんなにも愛した作品を自分の手で汚してまで、一体なにを描きたくて漫画家になったのだろう。

漫画は読む人の心に一時の夢や希望をくれる。どんなに落ち込んでいても、漫画を読んで元気になり、明日からまた頑張ろうと思える。そういう仕事がしたくて漫画家になったのではないのか。金を稼ぎたい、祖母に楽をさせたいというのは、漫画家としての生き甲斐の延長線上にあるものであって、それが目的ではなかったはずなのに。

頭が割れるように痛い。それは作品の中の登場人物たちが真治に罰《ばっ》を与えているかのような痛みだった。

12

ジャズカフェでは、今日も響がピアノの練習をしていた。自分が出した音が聞こえないというのは想像以上に厳しい。指の運びを完璧に覚えるところからになる。

恵はなかなか優秀なピアノ教師で、響が出した音の感想を細かいニュアンスまで伝えてくれる。響も必死に練習し、どうにか簡単なバージョンのアマチュア用「トロイメライ」を不器用にではあるが、最後まで弾けるようになった。

「おお。いい感じじゃない！」

響は嬉しくなってうんうんと頷く。

「もう一度やってみます？」

響は再び鍵盤に向き合った。すると、恵は大きなデジタルカメラを取り出し、響の撮影を始めたのである。訝《いぶか》しげに恵を見る響に「かまわず続けて。綺麗」と言いながら何度もシャッターを切った。

恵は弾き終わった響に撮ったばかりの写真を見せた。

「見て。モデルさんみたい。とっても綺麗」

確かに画面の中の響は美しかった。真剣な顔をしている自分を見るのは照れくさかったが、確かにそれが一途《いちず》な表情に見えて悪くない。

「響さん、そういえばお肌も本当に綺麗よね。陶器みたい。と・う・き。ねえ、本当にモデルやってみません？」

「私なんかがモデルを？　私のどこが綺麗なんですか？」

響は差し出されたメモ用紙にペンを走らせた。人から容姿を褒められた記憶なんてほとんどない。たまに街で見知らぬ男に声をかけられることはあるが、響が耳が聞こえないとわかると、男たちは面倒くさそうに立ち去っていくのが常だった。

だから、響には自分の美しさに全く自覚がなかった。

「化粧品のモデルよ。今公開オーディションをしているの」

恵は、たまたまそこにあったという顔で、用意しておいたチラシを手渡した。

「ＫＡＲＥＩＤＯモデルオーディション　優勝賞金一千万円」

一千万という高額賞金が目に飛び込んできた。響はあっけにとられた顔になる。だが、すぐに首を振り、メモ帳に書き込んだ。

「私、綺麗じゃないです。それよりピアノを教えてください」

そして、ピアノという字に何度も丸をつけた。今一番望むことは、受け取れるかもしれない一千万円より「トロイメライ」を弾きこなすことなのか。恵は響の欲のなさにため息をついた。実際この美しさなら、オーディションそのものがフェイクで、優勝したとしても誰からも文句は出ないだろう。果たしてどうしたものか。

真治は銀座のいずみジュエリーショップにいた。再び前回と同じ田中が相手をしてくれた。今日は本当に購入するつもりでやってきていた。若い女性向きということで、いくつかの候補を出してもらい、真治は手探りで指輪の形状を確認する。

響の指輪のサイズはわからない。おそらく本人も知らないだろう。それでも毎日指を絡ませ合っていれば、どの指がどのくらいの太さなのかは感覚でわかる。

一つの指輪に真治はしっくりとくるものを感じた。

「それは『神が流した涙』と呼ばれている石です。なにを使っても決して割れないという意味で、私のお薦めです」

田中の声は温かい。これに決めよう。真治はポケットから平山からもらった封筒を取り出すと、そのまま押しつけるように田中に渡した。

指輪はすべすべの小さな箱に入れられ、手渡された。

真治は今回は迷わずタクシーを拾うと家に帰った。ポケットの中の指輪の小箱が熱を帯びているような気がした。神が流した涙は響の目にどんなふうに映るのだろう。喜んでくれるだろうか。

そっとリビングに入って行くと「くふふ」という響の声が聞えた。これはタブレットで漫画を読んでいる時の声だ。ちょうど配信されたばかりの『ＯＮＬＹ　ＦＯＲ　ＹＯＵ』の新作を読んでいるに違いない。

「えっ」

突然響が驚いたような声を上げた。真治は手探りでソファの響の横に腰を下ろす。

「どうした？」

響はタブレットに入力を始めた。そして、人工音声が流れ出す。

「どうして急にスミレが不治の病になるの？」

やはり無理なストーリー展開は、最初から深く作品を読み込んでいる響には許しがたいのだろうか。

「ああ、話の流れ的にしょうがなかったんだよ」

「こんな流れはおかしい。こんなのあなたの漫画じゃないわ」

すごい剣幕《けんまく》だ。

「なんだよ、急に。ただの漫画じゃないか」

真治はわざと軽く言った。

「あなたの漫画で希望をもらった人がどれだけたくさんいるか知ってる？」

これには返す言葉がない。

「気持ちに嘘をつかないで」

沈黙が流れた。どちらも相手の次の言葉を待っているかのようだ。

真治は誠実な読者である響を裏切ってしまった気がした。なんとかなだめようと手を握ろうとするが、響は真治を振り払い立ち上がった。真治の手が空中を虚しく泳ぐ。

「俺だってこんなことしたくないよ。戻せるものなら戻したいよ！　俺だって自分が好きな漫画を描きたい。描きたいんだ。でも、生活がかかっているんだから仕方ないじゃないか。俺たちは他の人たちと違うんだから。現実と理想？　夢よりはまず生活だろ。目が見えないんだから。しょうがないんだよ」

自分でも情けないことを言っているのはよくわかっている。平山の無理な提案をはねのけ、本来の路線でも十分読者は引きつけられると言えれば、自分で絵を描けさえすれば……。

タブレットに変換されていく真治の心の叫び。それを読み、真治の顔を見ていたら、響は泣けてきた。真治には真治の葛藤《かっとう》があるはずだ。それをわかろうともせずに一方的に責め立ててしまった。

だけど……だけど……こんな無理な展開はやっぱり違う。もしも真治が自分と一緒にいるために漫画家としての魂を売り渡したのだとしたら。それは間違いなく自分の罪だ。

どうしていいかわからずに響は部屋を出ていった。

残された真治は指輪の入った小箱を取り出した。どこからか幻聴が聞こえてくる。結婚行進曲だ。タタタターン、タタタターン……なんでうまくいかないんだろうな。

真治は震える声でつぶやいた。

「……愛してる。結婚してください」

今日言おうと思っていた言葉。決して響の耳には届かない愛の告白。
どうしてうまくいかないのだろう。自分の心を裏切った罰なのか。

13

結局同じ家の中にいながら互いに歩み寄るきっかけを失い、二人は別々の部屋で過ごした。真治はそのままリビングのソファで眠った。

朝、響は物音を立てないように眠る真治の顔を見つめていた。そっと指でそのまぶたに触れた。

ひどいことを言ってしまったと思う。けれど、謝るのも違う気がして、どうしていいかわからぬまま、響は仕事に出掛けた。

実は真治はこの時目を覚ましていたのだが、眠った振りを続けてしまった。渡せないままの指輪の箱はまだ手の中にあった。だが、響が気づくことはなかった。

セルテビルの清掃の仕事をいつも通りにこなした後、昼休みの休憩中、響は恵に渡された華麗堂のモデルオーディションのチラシを見ていた。一千万円という賞金に心惹かれるのは確かだ。

スマホでもう何度も検索した「角膜移植」という言葉で見つけたサイトを開く。さまざまな情報が立ち現れてくる。
人工角膜移植の視覚障がい者視力回復
米病院角膜移植　高い安定性と成功率
人工角膜移植費用　五万三千ドル
緑内障の治療　視神経の再生医療によって進められる
情報は無数にあった。英語で書かれているものは翻訳ソフトにかけて読んだ。
真治は目に違和感を覚えているうちに、気づけば見えなくなり、失明してしまったという。自分と違って生まれつきではないのだ。無理をして眼を酷使した挙句の病気によるものだとするならば、なにか治療法があるのではないだろうか。医学の進歩は著しい。日本では無理でも、海外に行けばなんとかなるというなら、できることはどんな些細なことでも協力したかった。
真治は、目が見えないのだから仕方がないではないかと叫んだ。ならば、もし再び見えるようになったのなら、漫画も本当にやりたいものを描くことができるのではないか。
響は再び華麗堂のモデルオーディションのチラシに目をやった。モデルの仕事に興味はないし、憧れたことすらなかったが、恵が褒めてくれたことで少し気持ちが動いていた。

挑戦するだけでも――。

仕事の後、響はジャズカフェに向かった。ドアを開ける前に一度大きく頷き、自分で自分を鼓舞する。

恵はカウンターの前にいた。勢いよく入ってきた響を見て驚いた顔をしている。

響はかまわず恵の前まで進むと、オーディションのチラシを突きつけた。

「やりたいの？」

響は大きく頷いた。恵は思い切り響を抱き締めた。

「やった。助かった。私がついてるから、きっと優勝できるわ」

助かったという言葉はもちろん響には伝わっていない。もし、伝わったとしたら、なぜ響がオーディションに挑戦することで恵が助かるのか疑問に思ったことだろう。

響をオーディションに送り込めさえすれば、あとは社長権限でなんとかするはずだ。そうなれば、華麗堂の社長秘書だというのに、ジャズカフェのオーナーの振りなどいつまでもしていなくて済むというものだ、恵はそう思っていた。

「ファイト！」

響は真剣な顔でスマホになにかを打ち込むと恵に見せた。

「ところで、賞金はドルで受け取ることもできますか？」

「ドル？　もちろん大丈夫だと思うけど。心配しないで。でも、なんで？」

響はさらにスマホを操作して角膜移植のページを恵に示した。効果的な治療法だが、アメリカで受けるために五万三千ドルと書いてある。

「角膜移植……」

賞金を恋人のために使いたいというわけか。響はキラキラした目で恵を見つめてくる。

恋敵《こいがたき》のためにオーディションに挑戦するだなんて。このことを大輔が知ったら大変だ。できる限り秘密にしておかなければ。恵は心に誓った。

14

真治は頭が割れそうな痛みに悶《もだ》え苦しんでいた。座っていることすらできない激しい痛みだった。這うようにしてキッチンへ行き、引き出しから痛み止めを探し出し、口に放り込んだ。

最近日に日に頭痛がひどくなっている。目が見えなくなる前よりもさらに。漫画の仕事は、沙織がかなりの部分を引き受けてくれているため、以前のように徹夜をすることはないというのに。

数時間後、沙織とともに作業をしている時も真治の顔色は悪いままだった。それは体調の悪さに加え、今つくり上げている物語が自分の思いとは明らかに違う方向に進んでいるという違和感も原因だった。

真治の向かい側では沙織が絵の中にセリフを入力しているところだ。

「じゃあ、先生、ここで大きめのコマにしてスミレがぐったりしている顔にセリフをかけますね」

漫画の中では、今まさにヒロインのスミレが血を流して倒れている。スミレは恋するノボルとの間を邪魔をする恋敵を危機一髪のところで助け、車にはねられたという設定だ。

絵の中ではノボルがスミレを抱き起こし「ダメだ！　死なないでくれ！」と叫んでいた。

沙織に指示を出す真治の言葉が止まった。

「先生、どうしたんですか」

「中村さん、やっぱりこれじゃダメだ。この流れは違う気がする。不治の病にかかってるヒロインが交通事故にまで遭うなんて、いくらなんでも……」

だが、沙織は取り合わなかった。怒った調子で遮った。

「はい？　今さらですか。締め切りは明日ですよ」

「平山の話なんか聞くんじゃなかった。金で良心を売ったようなもんだよな。このまじゃ魂まで……」

「余計なことを考えないで、このままやり切りましょうよ。あと三話しかないんだし」

沙織にとってはこの苦しさが「余計なこと」でしかないのだろうか。創作者として作品を自分の手で壊しているという感覚はないのだろうか。作中のキャラクターたちに愛情を感じないのだろうか。

「こんなの『ＯＮＬＹ　ＦＯＲ　ＹＯＵ』じゃないよ」

こんなのあなたの漫画じゃないと言った響の怒りの言葉が真治の中から消えなかった。

だが、沙織は冷たくため息をついた。

「はあ、まったくイラつくわ。あのね」

今までと口調がガラリと変わった。

「先生――いえ、真治さん。なんでそんな生き方しかできないの」

「急にどうしたんだよ」

「いつまでやっていけると思う？　今は私がいるから作品だってできるだろうけど、私がいなくなったら、どうなるか考えたことある？」

「中村さん……」

真治は黙るしかない。正直いつも目の前のことに追われ、先のことを考える余裕はなかった。連載が終わったら……漠然と次の作品に取りかかるのだろうと思っていた。

そのときにはまた沙織が手伝ってくれるのだろうとも。それは甘えだったのか。

「いつも中村さん中村さんって、いつまでも他人行儀で。私は沙織って名前なの！　真治さん、いい加減に目を覚まして。どうしてわざわざ苦労する方に行くわけ？　響さんのこと考えるなら、現実を受け入れなよ。大変なのは目に見えてるでしょう」

　そこで沙織が別な方向を向いたのが声の調子で分かった。

「あの部屋が見える？　見えないでしょ。私は見える。響さんがおばあちゃんの部屋をつくってるけど、本当にやっていけると思うの？」

　それだけ言うと、沙織は荷物を片づけ始めた。もう議論する気はないというように。

「あとは私が仕上げておきますから」

　沙織は立ち去った。自分は本当にそんな悪いことをしてしまったのだろうか。仲間だと思っていた沙織には真治の気持ちはもうわからないのだろうか。それとも最初から仲間ではなかったのだろうか。

　響が多恵に一緒に暮らそうと申し出て、その場で多恵は断った。それでも響が諦めていないことは感じていた。部屋を片づけ、いつ多恵が帰ってきてもいいようにしてくれている。絶対無理だと思っていたことも、響なら現実にしてしまえるような気がした。その響さえ、自分の意思が弱かったばかりに怒らせてしまった。

もう自分にはなにも残っていない。空っぽだ。

自分が情けない、そうとしか思えなくなった真治が最初にしたことは、いずみジュエリーショップに指輪を返しに行くことだった。

今回も田中が応対してくれた。真治は言った。

「……今の僕には、この指輪を贈る資格がないんです」

真治は、買う時にはあれほどワクワクした指輪の小箱を差し出した。今はただただ悲しい。

「もう一度考え直してみては？」

田中の声はあくまでも穏やかだ。そう言われても胸が苦しい。

「いくら考えても、思いは変わらないのに……。私は彼女にとって重荷でしかありません」

田中は小箱を押し出す真治の手を包み込むようにして言った。

「数日だけお持ちになってみてください。ポケットに入れて、なにも考えずに持ち歩いて。そうしたら答えが出るでしょう」

返品はその後でも受け付けてくれるという。田中の言葉には、商売を抜きにした優しさがあって、真治はぎこちなく頷くとポケットに小箱をしまった。

真治はゆっくりとジュエリーショップの外に出た。響に対する愛情が変わったわけではない。ただ今は自分の腑甲斐なさに身動きがとれなくなっていた。

ふと荒々しい足音が近づいてくるのに気づいた。相手は男のようだ。目が見えなくなってから感じられるようになった悪意のようなものを発散させている。

そして、覚えのあるコロンの香り。

あの男か。親切そうに近づいてきて、明らかに自分より弱いものを見下そうとしていた金持ちの男。真治は緊張した。

だが、なにも起こらなかった。激しい憎悪のようなものだけは感じたが、人違いだったのだろうか。


確かにその場に植村大輔はいた。大輔の脳内では、真治に言ってやるつもりだった言葉が渦を巻いていた。思い切り胸ぐらをつかんで、あのいけすかない顔に言葉をぶつけてやりたかった。

「おい、よく聞け、泉本！　響は俺のものだ。あんた、いくら必要なんだ？　俺がくれてやってもいいぞ。いくら払えば消えてくれるんだ？　ああ？」

しかし、大輔には言えない。有能な経営者の息子として、なにひとつ褒められることもなく、常に高みだけを目指せと言われてきた。周囲になんでも言うことを聞いてくれる部下や使用人はいる。けれど、父だけは認めてくれない。だから肝心なところで立ち向かうことができないのだった。それがただ単に傷つくことを恐れているからだということを本人は自覚していなかった。

大輔が響を恋い焦がれる気持ちは、当の響にはなにも伝わっていなかったが、本気だった。


見知らぬ誰かの悪意すら想像してしまうほど今の自分は疲れているのだろうか。真治は白杖で地面を確認しながら一歩一歩進んだ。どんどん足が重くなっていく。頭が割れるように痛い。手が震え始めている。息が苦しい。

自分の体になにが起きているのかわからない。怖い。

真治は膝をついた。

「う、うう……響……」

薄れゆく意識の中で最後に考えたのは、響に会いたいということだけだった。

15

響はオーディション会場にいた。控え室には美貌に自信のある女たちがひしめいている。華麗堂のイメージモデルになるということは、その先のキャリアにも大きな影響がある。誰もが必死だった。

響は鏡の前でメイクを施されていた。

「違う違う。響ちゃんはアイラインはもっと細くていいの。そこが魅力なんだから。髪は巻きすぎないで」

オーディションに挑戦するといった瞬間から、申込み、当日の案内、そして準備まで恵がつききりで世話を焼いてくれていた。響はただそこにいればいいだけだった。

恵はバッグから美容にいいといわれるドリンクを取り出して響に手渡す。

「響ちゃん、これ飲んで。血色もよくなって、顔もスッキリするわよ」

ヘアメイクの次は衣装だ。今まで着たこともないような体の線が出るイブニングドレスとハイヒールが準備されていた。体にぴったりとまとわりつくドレスは純白で、響の肌の白さをさらに際立たせる。

更衣室から出てきた響を見て、恵は一瞬息を呑んだ。

「ちょっと！　ホント最高！　お姫様だわ！　今日のオーディション、本当に優勝しちゃうんじゃやない!?」

大げさだとは思ったが、優勝できなければ困る。そもそも自分はどんなふうに見えるのだろう。響は鏡の前へ行った。

初めて見る自分の姿に驚いた。

これが私――？

今までおしゃれなど考えたこともなかった。服も髪も適当で、化粧など最低限しかしたことがない。そもそも自分のような人間が目立ってはいけないと思っていた。

でも、ここにいるのは、自分から見ても十分に美しい女だった。華麗堂の化粧品のモデルになるということがどういうことなのか正直全くわからない。ただ、一千万円という賞金だけが欲しかった。

真治に『ＯＮＬＹ　ＦＯＲ　ＹＯＵ』の展開のことでひどい言葉をぶつけて以来、もう一度真治の目が見えるようになるなら……。

二人はほとんど会話を交わしていなかった。

響は朝早く出掛け、真治はリビングで仕事をして、そのままソファで眠ってしまう。

一人で横たわるベッドは広すぎて、響は寂しかった。けれど、言ってしまったことは取り消せないし、『ONLY FOR YOU』の無理に読者を泣かせようとする展開に納得がいかないことも変わらなかった。

でも、このオーディションに優勝すれば、なにかが変わるかもしれない。

響が案内された会場には、他の候補者たちの姿がなかった。そのことにかすかな疑問を感じたのだが、緊張している上に、そもそも経験がない響はこんなものだと思うしかない。

撮影スタジオには豪華に冬の街が再現されていた。響が入っていくと、その場にいたスタッフたちが一斉に視線を集中させてくる。それは感嘆の目もあれば、冷静に観察する目もあった。だが、響は気にならない。聞こえないことで他人の視線も言葉も気にしないクセがついていた。

「相田響さん。よろしく。綺麗だよ。用意はいいかな?」

監督だという四十代の男性に紹介された。マッチョな割に物腰がやわらかく、優しそうだ。実は映像業界では有名なCMディレクターなのだが、響は知る由もない。

響は商品のルージュを持たされ、指定された場所に立つ。

「アクション！」

監督の口の動きで撮影が始まったのがわかった。教えられたように動き、笑えと言われたところで笑っているのだが、自分でもぎこちないと思う。

「カット！」

スタッフの動きが止まり、カメラの後ろに控えていた恵が走ってきた。

「表情が硬いわ。こんなふうに、ここでニコッと笑うの。ドレスをつまんでみたり、響ちゃんが感じたままに動いてみて」

監督そっちのけで恵が演技指導をし始めた。明らかに越権行為なのだが、監督も恵が響の付き添いという形にはなっていても、実は社長秘書だということを聞かされているため、苦笑しながらも好きなようにやらせていた。

恵のオーバーアクションに響が笑い出し、恵の動作を真似《まね》て踊るように動いてみた。それは響に自然な表情を取り戻した。

「いいね。そうそう。いいよ、真似してみて」

撮影が再開される。響は頭の中で想像の「トロイメライ」を流していた。時に激しく、時に優しく。

頭の中では、いつものように想像の翼が勝手に羽ばたき始めていた。クリスマスの街角、素敵なドレス、美しい靴。でも、これは一時の夢。幻なのだ。まるでシンデレラではないか。

『ONLY FOR YOU』のヒロイン、スミレを思い浮かべた。スミレもまた響と同じように貧しい生い立ちの中で、ピアニストになりたい弟マモルを応援してきた。響が漫画家であろうとする真治を心から愛おしく思う気持ちと同じだったはずだ。真治。ずっと一人ぼっちだった響の人生に神様が与えてくれた人。真治を思う時、響の表情は優しく、そして強く輝いた。

スタジオに熱気がこもっていく。今まで数多くのモデルや役者を撮影してきたベテランの監督やスタッフたちが、見たことのない響のピュアな表情に魅了されていった。

16

真治が意識を取り戻した時、自分がどこにいるかわからなかった。

「気がついてよかった」

あのコロンの香りと聞き覚えのある声。

「誰ですか……」

「植松だ、大——大作。ちょっと前にあんたをタクシーに乗せた」

そうだ。さっきジュエリーショップから出てきた時、向こうから荒々しい足音で近づいてきた人物が植松だと思った記憶がある。だが、それから自分がどうなったのかわからない。

「ここは病院ですか」

消毒液の匂い、医療機器らしきものから発する電子音。きっとそうだろう。植松が答える前に数人の足音が聞こえた。

「気分はどうかな」

落ち着いた大人の男性の声だ。男性は真治のまぶたを開けると、ペンライトをかざし瞳孔をチェックしているようだ。つまり医師ということか。

「はい……大丈夫です」

「大丈夫なわけないでしょう。生きて運ばれたのが奇跡だよ、奇跡」

真治が盲目だと理解した医師は、大輔の方に体を向けた。

「付き添いの方？」

「ええ、まあ」

真治に対して言いたいことも言えずにすれ違った直後、真治はまるで電池でも切れたかのように倒れた。それから自分の車でこの大学病院へ運んだ。

「院長先生でいらっしゃいますか」

脳神経外科医だという医師に尋ねた。

「私がこの病院を支えてるようなもんだから、院長より上かな」

大輔は苦笑する。自信満々の医師は珍しくはない。

「先生、教えてください。僕は大丈夫ですから」

真治は生きて運ばれたのが奇跡だと言われた言葉にひっかかっているようだ。

だが、医師は見えない真治ではなく、大輔にＭＲＩ画像を示した。

「これを見てください。脳に腫瘍が、ここにね、見つかりました。見えるでしょう。ここ、これがなにかわかりますか。悪性腫瘍」

大輔は絶句した。真治の顔を盗み見ると、目を閉じて聞き入っている。

「前の診療記録も確認したんだがね、これはヤブ医者に当たっちゃったね。失明の原因は緑内障じゃなくて、この腫瘍だったんだよ。症状は同じなんだけど、原因が違ったんだ」

「……じゃあ、どうすればいいんですか」

真治の声は意外にも冷静だった。

「これはごく稀なケースでね。腫瘍ができているのが鞍上部《あんじょうぶ》で、私にもできない手術なんだよ。このオペの経験豊富な医師がアメリカだかインドにいると聞いたことはあるんだが」

「それじゃ――」

「鎮痛剤は出すから、あとは少しでも有意義な時間をお過ごしください」

「それって、なんですか。まさか今のって――」

すっとんきょうな声を上げたのは大輔である。本人を前に余命宣告という言葉を呑み込んだのは、常識がギリギリのところでかけたストップだった。

「まあ、そうですね。二、三年かもしれないし、一カ月くらいかもしれない。準備はしておいてください。薬は看護師から受け取って」

そんな爆弾発言をしておきながら医師はさっさと行ってしまった。石のように動けなくなったのは、真治ではなく大輔の方だった。恋敵として、金を渡して身を引かせようとまで思っていたのに、まさかこんな宣告を一緒に聞く羽目《はめ》になるとは。

「あの、帰るの、ちょっと手伝ってもらってもいいですか」

真治に声をかけられ、大輔は我に返った。

「ま、まさかあの人の言うことを信じるんですか」

「もう声だけでわかるんですよ。今の先生は本当のことだけを言ってました。真実っていうのは、苦いものなんですよ」

そう言いながら真治の顔は穏やかだ。微笑みすら浮かべている。それは諦めの笑みなのか。なぜこんな顔をしていられるのだ。大輔は混乱した。

帰りの車の中では二人は一言も話さなかった。いや、話すことができなかったのだ。

真治は残りの時間をどう過ごすか、響にこのことを告げるべきなのか、静かに考えていた。死が間近に迫っていること自体は、自分でも不思議なくらい冷静に受け止めていた。だが、響との時間、響を残していくことだけは耐えられない。初めて心の底から愛おしいと思える女性に出会ったというのに。

そして、隣にいる大輔は今日が響を華麗堂のCMモデルに大抜擢するための偽のオーディションの日だということをすっかり忘れていた。それほどまでに衝撃が大きかった。ポケットでスマホが震え、のろのろ取り出した。

恵からのメールだった。添付されていた写真を見て、思わず息を呑み、とっさに真治から隠した。見られるはずもないというのに。写真は響のCM撮影中の様子だった。なんて美しいんだ。はにかんだような笑顔。ピュアで品があって……ありきたりの言葉では言い表せない。響に恋する男としてではなく、華麗堂の社長として直感した。このCMは話題になる。響に誰もが魅せられるだろう、と。

響が帰ってきたのは、何時だったのだろう。帰宅してからずっと真治は時が止まったように考え込んでいた。

響が電灯のスイッチを入れた音がする。そして、そっとソファの隣に座った。ふわりと甘い香りがした。

「どこに行ってきたの？　いい匂いがする」

響はスマホで真治が言った言葉を認識し、微笑んだ。

「いいところ。今度教えてあげる」

真治は響の顔に手を伸ばした。その輪郭をなぞるように優しく触れていく。

「愛してるって言ってくれる？」

響の頰が照れたようにえくぼをつくった。

「ダメ。恥ずかしい」

真治は静かに響の顔に触れ続ける。指先ですべて覚えておきたいとでもいうように。

肌の感触がいつもと違う。

「……お化粧してるね。すごく綺麗だろうな。響はどんな顔をしてるんだろう。きっと美しいと思うな。そうだろう？　一度でいいから君の顔を見ることができたなら、どんなにいいか。一度でいい……。一体なにを差し出せば君を見られるんだろう」

真治の指が唇に触れ、響のルージュがにじむ。響は目を閉じた。

真台が憂しく響に口づけした。二人の影が重なった。

この人はどれほど疲れているのだろう。響はそっとベッドから抜け出した。真治は泥のように眠っている。

今日の真治はいつもと違った。あんなにひどい言葉をぶつけ合ったことなど、まるでなかったように優しかった。そして情熱的だった。響の顔に触れ、どれほど顔が見たいかとつぶやいていた。

モデルオーディションのことは話さなかった。結果などわからないし、なぜ受けたのかと聞かれたら、真治の目の治療のためだというのもなんだかおこがましい気がした。ぬか喜びさせるのも嫌だった。

響は多恵のために整えている部屋の整理に取りかかった。足をとられそうなガラクタは片づけ、いつ帰ってきてもいいように整える。

自分たちはどうなるのだろう。響はただこれからも真治と一緒にいたいだけだった。多恵も一緒ならばなおいい。口は悪いけど、悪い人じゃない。

その前に真治の目だ。もしも賞金が入ったら、すぐにアメリカの大学に問い合わせてみるのだ。

真治の目がもし見えるようになったら、自分の顔も見られてしまう。見てほしい反面、少し恥ずかしい気持ちもある。華麗堂のモデルになれたら、もっと綺麗にメイクするコツも覚えられるだろうか。

結果もわからぬうちから、そんなことを考えてしまった自分に笑ってしまう。オーディション会場の控え室には、びっくりするほど綺麗な女たちがたくさん来ていた。みんな本職のモデルらしく、立ち居振る舞いからして全然違った。それを思い出すと響は急に自信をなくし、ため息をついた。

一千万円を手に入れることができなくても、せめて「トロイメライ」だけは弾けるようになりたい。明日も恵とジャズカフェでピアノの練習をすることになっている。

響は目を閉じ、見えないピアノに向かって指を動かし始めた。目を閉じれば、真治と同じ世界にいると思える。響にとっては音も光もない世界。子供の頃は目を閉じることすら怖かった。でも、今は違う。無といっていいほどなにもない世界でも、今は真治がいるのだから。

17

真治は脳に腫瘍があること、余命が残りわずかであることを誰にも告げなかった。先日のように突然倒れ、次はきっと目覚めることがない。そんなふうにして自分はこの世を去っていくのだろう。手の施しようがないのだとすれば、響にも祖母にも心配はかけたくなかった。

真治は菅原に送ってもらって老人ホームを訪れていた。多恵の部屋は前に来た時より大分片づいていた。部屋に弁当が届けられた。このホームでは、注文しておけば訪問者も同じ弁当を食べられるのだ。

「今日はあんたの好きな幕の内だよ」

「いただきます」

今となっては彩り豊かな弁当を見ることができないことにも慣れた。端から箸をつけていく。食欲がない。頭痛は常につきまとい、塩分の強い煮物を口にすると吐きそうになる。着実に症状が進行しているのだろうか。

「食べないのかい？」

多恵の目はごまかせない。

「お腹空いてないんだ」

「そうやって食べないから目も見えなくなるんだろ」

ぶっきらぼうな言い方だが、心配がにじみ出ているのはわかる。真治はわざと大げさに苦笑して見せた。

「ばあちゃん、絶対元気になってくれよな。リハビリ頑張れば歩けるようになるから」

「食べてる時になんだい。私が死のうが生きようが関係ないだろ。自分たちの心配でもしてな」

「長生きしてほしいからさ。響もばあちゃんのこといつも気にしてるし」

「あの子は元気なのかい」

「ああ。ばあちゃんと本気で一緒に住みたいからって部屋を片づけてるよ」

「断ったっていうのに、まだそんなこと。あんな汚いとこもう戻りたくないね」

言葉と裏腹に嬉しさが声に表れている。

「響さん、最近ますます綺麗になってますよね」

菅原が口を挟んだ。

「そうなんだ」

「あ、ごめんなさい」

真治にとっては響の容姿など関係ない。響は響だからだ。それでも第三者に美しいと言われることは素直に嬉しい。

「いいえ、そんなふうに言ってもらって、きっと響も喜びます」

「先生との暮らしが幸せなんでしょうね」

それにはなにも言えなくなった。

午後からは多恵のリハビリがあるというので、菅原に自宅まで送ってもらった。菅原はどんな時も気持ちよく力を貸してくれる。

マンションの前に着いて車から降り、真治は思わず菅原を抱き締めていた。

「哲也さん、今まで本当にありがとうございました。『切る髪の毛』もないし、『時計の鎖』も買えなかったけど」

少し前にクリスマスプレゼントのことで『賢者の贈り物』の話をした時のことを思い出し言った。

「先生、改まってどうしたんですか。僕は時計を持ってません。先生にあげる櫛だって買えてませんし、お礼なんて。先生の作品は僕の人生を変えてくれたんですよ。まだまだ先生には恩返ししきれてないんです。『つらい時こそ笑うのよ』でしょ」

自分の作品に誰かの人生を変えるほどの力があるとは信じられない。それでもこんなふうに誰かを少しでも勇気づけられていたというなら、それだけで漫画家になってよかったと思う。

少し感傷的になってしまっただろうか。菅原の声に不安が覗いている。真治はことさらに明るく笑って菅原に背を向けた。


セルテビルの地下にある清掃員待機室に恵が飛び込んできたのは、響が夕方の清掃作業の準備をしている時だった。

「響ちゃん！　やった！　やったのよ！」

響は興奮している恵に目を白黒させた。だが、それがなにを意味するのかすぐにわかった。

「華麗堂のオーディション、合格だって！」

響は飛び上がって喜ぶというよりも、ああ、よかったとホッとした。真っ先に頭に浮かんだのは、これからモデルとしての仕事をする、スポットライトを浴びるという華やかなことよりも、これで真治の目を治せるかもしれないという期待だった。

恵もまた自分が社長秘書としてクビがつながったことに安堵《あんど》していた。せっかく社長秘書に抜擢されたというのに、このところ任された仕事といえば、社長の想い人の身辺調査と、さらにはその女を大切な会社のＣＭのイメージモデルにねじ込むという強引な任務だ。普通なら辞表を叩きつけてもおかしくないところだろうが、恵は響という耳の聞こえない女性を知るうちに、いつの間にか本心から応援したいと思うようになっていた。

響がモデルに抜擢されたことも、社内では社長のわがままとは受け取られていなかった。それほど響は人の心を揺さぶった。

しかし、恵が唯一懸念《けねん》していたのは、響がオーディションに臨んだのは、恋人のためだったということだ。これをあのわがままで世間知らずの社長が知ったらどうなってしまうのだろう。恵は心底心配だった。

この時点で恵はすでに大輔が真治の病気の真実を知ってしまったことを知らなかった。

真治はスマホを操作して「トロイメライ」をかけた。明かりを落としたリビングに流れる素朴なメロディーが記憶を呼び覚ます。

この曲を初めて知ったのは、母が持っていたオルゴールだった。父が母に贈った最初で最後のプレゼント。

父は多恵に言わせれば、定職にも就かずいい加減で、どうしようもない男だったというが、母の見方はちょっと違う。楽しくて明るくていつも笑わせてくれる男だったという。

「トロイメライ」の音楽とともにガラス板の上をくるくる回る小さなバレリーナの人形をいつまでも飽かずに見ていた幼い日々。父がギャンブルに溺れて借金をつくって消え、病弱だった母も真治がまだ保育園に通っている時に亡くなった。祖母に引き取られ、あちこち転々としているうちにオルゴールはどこかへ行ってしまった。今となっては母との思い出も記憶の中だけのものとなった。

今「トロイメライ」を一緒に聴いてくれる人がいる。真治は響を抱き締めながら音楽に合わせダンスを踊った。響は真治を通して「トロイメライ」を感じているはずだ。言葉はいらなかった。抱き合い、キスを交わし、互いの存在を確かめ合う。胸に満ちてくる温かな気持ち。これが愛なのだと二人はそれぞれに心の中で思っていた。

真治は響がいつも以上に明るく弾むような気持ちでいることを感じた。

「どうしてそんなに嬉しそうなの？」

真治の声を拾ったスマホが文字で響に伝える。

「まだ教えられない」

響はクスクス笑う。理由はなんであれ、響が幸せでいてくれるのならそれでいい。

真治は再び響の唇を探してキスをした。

「愛してるって一度だけ言ってくれない？　言葉で、口で」

それが今の真治のたった一つの願いだった。笑ったり叫んだりする時のかわいい響の声。その声で愛を告げてほしい。

「ダメだってば。恥ずかしいの。変な声出したら嫌われちゃう」

スマホの画面に浮かび上がる文字が響の本音を告げる。響はこれまでにも発話練習はしたことがあるという。しかし、聞こえない人間が真似だけで発声すると、どうしても鼻にかかったような声になってしまう。それでひどいいじめに遭い、発話が怖くなった気持ちを克服できていないらしい。

どんな発音でも響の声が聞きたいのに。響の声が聞きたくて、真治は響の脇腹をくすぐった。笑い転げる響の愛らしい声。じゃれ合いながら真治は涙が出てくるのを止められなかった。

数カ月後にはもう自分はこの世にはいないかもしれない。そう思うと、響と暮らす一瞬一瞬が愛おしくてたまらなかった。

響はなにか気がついただろうか。最後の一瞬まで響には幸せな気持ちでいてほしかった。二人はベッドへ移動した。

あんなにひどいことを言った自分に真治はこんなにも愛を語ってくれる。そして、悲しそうな顔をする時がある。多恵になにかあったのだろうか。菅原にメールして尋ねてみたが、特に変わったことはなかったと返事をくれた。

気になったのは、「先生は僕を抱き締めて今までありがとうと言ってくれたんですこれ」という一文だった。まるで一生の別れのようではないか。
まさか。真治が自分を置いてどこかへ行ってしまうなんてあり得ない。
共に眠り今朝も共に目覚めた。朝食は炊き立てのご飯とわかめの味噌汁と焼き鮭《さけ》に
トマトサラダ。
「響のご飯は本当に美味しいよ。美味しい。美味しい」
こんな簡単なものなのに、真治は心から褒めてくれる。
この朝はいつものジーンズにトレーナーではなく、少し改まったワンピースを着た。
もちろん真治には理由は告げていない。
玄関まで見送りに来た真治は響を間近にして言った。
「……響、ごめん。悪いと思ってる。でも……それ以上に愛してる」
そして、まるで手にその感触を覚え込ませたいとでもいうように両手で響の顔を包
み込んだ。
どうしたの。なぜ謝るの。謝ることなんて一つもないのに。
ようやく響の体を離した真治は、いってらっしゃいと笑った。幸せなのになぜか不
安がつきまとう。早く、早くお金を手に入れて、真治を元の体に戻してあげたい。

駅への道を歩きながら響は昔観た古い映画を思い出していた。チャップリンの『街の灯』だ。盲目の花売り娘のために貧しい男が自分を犠牲にして大金を手に入れ、そのお金で娘は手術を受けて目が見えるようになる。けれど、娘は自分を助けてくれたのは大金持ちの男だと思い込んでいるので、男は名乗り出ることなく遠くから見守っていた。ホームレスになっていた男に施しをした花売り娘がその手を握った瞬間、すべてを悟るというラストシーンだった。

なぜそんなことを思い出したのかわからない。ただ、もしも真治の目が見えるようになった時、自分が足手まといになるようなことがあれば、喜んで身を引こうと思っていた。

18

今日は華麗堂専属モデルの契約の日だった。付き添ってくれるという恵とは華麗堂本社の前で待ち合わせをした。

スタイリッシュなビルは一分の隙もない貴婦人のようで気後れする。ショーウィンドーに飾られたメイクアップ用品の数々は、美しいモデルの写真と併せて飾られ、道行く女性たちの目を引いている。こんなところに自分が入っていいのだろうか。響は今さらながら怖くなった。

「お待たせ」

声をかけられ振り向くと、そこにはビジネススーツ姿の恵がいた。キリリと髪を結い上げ、ジャズカフェのオーナーの時のラフな服装の恵とは別人のようだ。

響があまりにもじっと見つめていたせいか、恵は居心地悪そうに笑った。

「ほら、今日は大事な日でしょ。契約の時はちゃんとした格好じゃないと」

響はスマホに文字を打ち込んだ。

「今日きれい」

改めて考えてみれば、ただの知人である恵が、どうしてここまでしてくれるのだろう。そんな響の戸惑いなど意に介さず恵は続ける。

「契約書読んだでしょ。有名になったら、私がマネージャーになるわ。いいでしょ。見捨てないでよ」

しかし、響はそれには答えずバッグから取り出したものを恵に示した。角膜移植のパンフレットである。「角膜移植」「視神経再生治療」の文字が躍っている。

専属モデルになる真の目的は真治の目の治療のためなのだ。

恵は一瞬渋い顔をした。幸い受付のあるフロアにエレベーターが到着し、響も治療の話をそれ以上することはできなかった。

エレベーターの扉が開くと、白を基調とした明るい受付ロビーが広がっている。

「いらっしゃいませ」と受付の女性が深々と頭を下げた。

「社長との打ち合わせで」

「お名前をいただけますでしょうか」

「相田響です」

受付の女性と恵が素早く視線を交わし合ったのだが、響は気がつかなかった。場違いたところに来てしまったと緊張していた。

二人はすぐに会議室へ案内された。ドアの前ではマーケティング部長の広島と女性の手話通訳者が待っていた。

「どうぞお掛けください」

手話通訳を見て響は契約書が置かれた席に腰掛けた。向かい側にはすでに着席している人物がいた。大輔だ。だが、大輔は俯《うつむ》いたまま響の方を見ようとはしない。しかし、書類に目を通している響の顔をチラリと見やり、赤面し、ごまかすように立ち上がった。そして、そこらじゅうを意味もなく歩き回り始めた。やがて部屋の隅に行くと、固まった。まるで子供である。

響は謎《なぞ》の男の謎の行動にチラリと目をやったが、気にしない振りをした。これもなにか試されているのかもしれないと思ったのだ。

広島が響と恵の向かい側に座り、説明を始めた。

「今回のクリスマスシーズンモデル合格、本当におめでとうございます。社長が探していた理想そのものですよ」

響が社長とは一体誰なのかと思っていたら、隅で固まっていた男が手を挙げた。響は不思議に思いながらも丁重に頭を下げた。

恵は響にわからないように大輔に声をかける。

「社長、座ってください。今ですよ、今」

さらに手話通訳者に今のは訳さないでとすばやく伝える。

しかし、大輔は固まったまま動かない。身振りだけでサインをさせろという。広島も恵も内心の焦りと純情な社長に対する情けなさと笑ってしまいそうになる気持ちを必死に抑えて真剣な表情を作った。

「読んでいただいた通りです。サインさえいただければ、すぐに話を進められます」

響はためらうことなく署名した。

「さあ、響さんもサインしたんだから、社長もお願いします。早く来てください」

響は恵の唇を読み、さすがになにかがおかしいと感じた。

大輔はおずおずと響の方に顔を向けた。その目は怯《おび》えきった子供のようだ。響はじっと大輔の顔を見つめた。かすかに小首を傾《かし》げる。どこかで会ったことがあるだろうかという目だ。

大輔はテーブルに近づくと、契約書をひったくり、殴り書きのような署名をした。

そして改めて響の顔を見る。唇が震え、言葉が出てこない。

「ほら、話してって。話して、もうッ」

恵が腹話術のように唇を動かさずに大輔を促す。

そして、大輔はついに震えながら言った。

「響——け、けけけけ、結婚してくれ」

それだけ言うと、会議室を飛び出していってしまった。響は立ち上がった。明らかにおかしい。怒った顔で恵を睨みつけ、手話で話した。すぐに手話通訳者が翻訳する。

「『これはなに？　私を騙《だま》したの？』と訊いてます、遠山さんに」

「え、私が？　なんで私——」

「聞こえなくても全部聞こえるし、全部わかるんです。全部嘘だったんですね。わざと私を選んだの？　二人は知り合いなんでしょ？　あなたも私を騙したの？」

恵は響の剣幕に圧倒され、なにも言えなくなった。響は怒りに震え、部屋を出ていこうと立ち上がった。その腕を恵がつかんで引き留める。

「そうよ。私はこの会社の社員なの。でも、響ちゃんは選ばれるべくして選ばれたのよ」

響は状況がわからないのか、恵の腕を振りほどこうとした。

「落ち着いて、響ちゃん。あなたは人生の岐路《きろ》に立ってるのよ。これはあなたのためなの。響ちゃん、いつまで泉本のためだけに生きるつもり？　どうしてそんなに尽くそうとするの」

だが、響にはもう届かなかった。響は首を振ると、恵の腕を振り払い、会議室を飛び出した。

19

華麗堂を後にした響は、どうやって家に帰り着いたのかもよく覚えていなかった。とにかく腹が立って仕方がなかった。真治のことで頭がいっぱいになっていた自分は金で釣られたということなのか。だいたい結婚してくれと言っていたあの社長は何者なのだ。どこかで会ったような気がするが、思い出せない。思い出したくもない。

マンションに着いた響はチャイムを鳴らした。反応はない。ドアを開けて部屋に入る。早く真治の顔を見たかった。

だが、リビングに足を踏み入れた響はすぐに異変を察した。やけに片づいている。脱ぎっぱなしのパジャマもタブレットも、いつも同じ場所に置いておくマグカップもない。ガランとしていた。そして、真治の姿がどこにもない。

胸が苦しくなってくる。いないことはとっくにわかっているのに、すべての部屋、クローゼットの中まで探した。

そして、ソファの上に手紙を見つけた。苦労して書いたことがわかるふぞろいな文字。

響は優しい人です。

響は命の恩人です。

だけど、僕たちは一緒にはいられません。

僕は響の重荷でしかありません。

探さないでください。

なんなのこれは……。響はぺたりと座り込んでしまった。いつからそんなふうに思っていたのだろう。なぜ重荷だなんて思うのだろう。なにがあったの。私たちは幸せだったんじゃなかったの。あんなに愛し合った時間はなんだったの。自分のなにがいけなかったのだろう。

疑問は尽きない。涙がこぼれ、フローリングの床を濡らした。

どれくらいそうしていただろう。響は再び外へ出た。考えられる限りの真冶が行きそうな場所へ行ってみるつもりだ。

その頃、真治はどこにいたのかといえば——沙織のマンションだった。

沙織は締め切りに追われ、焦れていた。ノックの音がした時、誰かが訪ねてくる予定などないため、無視しようかと思った。だが、かすかに聞こえた「中村さん」という声に慌てて立ち上がった。

果たしてそこには真治がいた。ひどく疲れた顔をしている。

「先生！　どうしたんですか。なんでここに？　一人ですか」

沙織は思わず背後を窺《うかが》った。

「……中村さん。ここにひと月だけいてもいいかな。終わらせるのを手伝ってほしい。ここで作品を完成させたいんだ」

沙織はどんな理由であれ、自分を頼って来てくれたことが嬉しかった。思わず真治の首に抱きついてしまう。真治は振りほどかなかった。

「ご飯まだですよね。なにかつくります」

「いいんだ、中村さん。まずは描こう。時間がない」

真治はなにを焦っているのだろう。響はどうしたのだと思ったところで沙織のスマホが震えた。響からのメッセージだった。

——中村さん、真治さんがいなくなったんです。変な手紙を残して。どこにいるか知りませんか？

なるほどね。二人は喧嘩でもしたというわけか。沙織は少し考えて返信を打った。

——私も二度と探さないでというメールをもらいました。どこにいるか知りません。

響はあてもなく街をさまよっていた。真治と行った公園、居酒屋、本屋。考えられる場所は大して多くはない。真治の姿はどこにもない。

沙織も菅原も居場所を知らなかった。あとはもうあの人だけだ。

響は多恵のいる老人ホームへ向かった。大切な祖母にならなにかを打ち明けているかもしれない。

リハビリ室で必死に歩く練習をしている多恵を見た瞬間、響はここまで必死にこらえてきた涙がこみ上げてくるのを止められなくなった。

部屋に移動し、状況を説明した。多恵はなにも知らなかった。ただ、少し前に訪ねて来た時、元気がない気がしただけだと言われた。

「この泣き虫、泣くんじゃないよ。『つらい時こそ笑うのよ』だろ」

響は無理やり笑顔をつくろうとした。だが、涙は止まらない。

「あのバカ、女房に心配かけて。見つけたらただじゃおかないよ」

そう言って多恵は響を抱き締めた。唇を全部読むことはできなかったものの、響には多恵の憤りと響を責める気持ちは少しもないことが伝わってきた。

おばあちゃんがいてくれてよかった……。


真治のいない部屋はあまりにも広く冷たく感じた。食事も摂《と》らずウトウトすると、いつもと変わらない真治がそこにいる幻が見える。真治の匂いのする部屋で響はなにもできずにいた。

何度も何度もチャイムが鳴ったような、ドアにノックがあったような錯覚に陥り、玄関に飛んでいっては、そこに誰もいないことを見て座り込む。そんなことが続いた。

この日もチャイムが鳴ったことを知らせるランプが点灯し、響はのろのろと玄関に向かった。今日は本当にそこに人影があった。だが、求めていた恋人ではない。恵と手話通訳者だった。

「響ちゃん、本当にごめんなさい。一週間も連絡が取れないから、心配で来ちゃった。

なにかあったの？」

正直、響は華麗堂のことなど頭から完全に抜け落ちていた。当然、恵に相談しようという考えさえ浮かんでいなかった。だが、本気で心配してくれている恵の顔を見た瞬間、なにかが変わる気がした。

響は恵に真治の手紙を見せ、すべてを打ち明けた。

「助けてください。真治さんは私の顔が見たいって言ってた。角膜移植と視神経再生治療ができればきっと見えるようになる。私の顔も見られる。お願いします。私、もうどうしていいかわからない。どうか彼を見つけてください」

響は恵に頭を下げた。しかし、恵はどうしていいかわからない。助けてやりたいのはやまやまなのだが、方法がわからない。

「でも、どうやって……」

「私の声を届けられたら。どこにいても感じるように。どこにいてもそばにいるように。見えなくても、私のことを探せるように――」

どこにいても響を感じさせる……。恵は考え込んだ。

「まごしてあげたいことがたくさんあるんです」

力になるわ。なんでも。諦めないで。本当にあなたは与えることしか知らないのね。まるで天使だよ……」

恵は響の手をギュッと握った。

恵は今日響に仕事の話をするために来た。クリスマスバージョンのCMを制作するためにもう時間はほとんどない。契約は成立している。

響の職場に行っても、もうずっと欠勤だと同僚たちが心配していた。それで今日こうして直接訪ねてきたのだ。

大輔はあの場で唐突に結婚の申込みをしてしまったことが恥ずかしかったらしいが、CMは必ず話題になる確信があるらしく、また社長の鶴の一声で人気モデルをキャンセルし、新人を発掘させたオーディションの結果が出ないなどということがあれば、いくら社長でも立場が悪くなる。なんとしても響のCMを成功させなければならなかった。そこで連日のように恵を責め立てていたのだった。

事情がわかれば、姿を消した真治をあてもなく探していても仕方ない。恵は響に向き直った。

「響ちゃん。頑張ってみる気ある？　それが真治さんのためにもなると思うんだ」

響は真っ直ぐな目で恵を見つめた。真治のためならどんなことでもやる決意に満ちた強い目だった。

第三章

1

響の出演した華麗堂のクリスマスＣＭは話題になった。それも大輔や恵が想像したよりはるかに大きな反響を呼んだ。

響の透明感のある美しさ、憂いのある表情、そして、どこかに悲しみを秘めた目は見る者を釘づけにした。

「何者？」「超キレイ」「どこから見つけてきたんだ？」「声も聞いてみたい」「名前は？」といった書き込みがＳＮＳを中心に日に日に増えた。

響の名前もプロフィールも一切公表されなかったことで神秘性が増し、彗星《すいせい》の如く現れたミステリアスなモデルとしてメディアでも取り上げられるようになった。

しかし、響の生活はほとんど変わらなかった。恵が本当は華麗堂の社長秘書だとわかっても、ジャズカフェでのピアノレッスンは続いていた。店のピアノはアップライトからグランドピアノに替わり、響にとっては音の伝える振動がよりわかりやすくなった。それでもまだたどたどしく、恵のレッスンは厳しい。

あと少しよ天使の響ちゃん」

響は心を込めて「トロイメライ」だけを弾き続けた。

真治の消息は依然としてわからない。けれど、真治への想いは少しも変わらなかった。


ファイブドリームス社の社長室では、昼間からウィスキーが酌み交わされていた。社長の平山と映画制作会社のプロデューサー横井《よこい》である。

ノックの音がしてドアが開いた。入ってきたのは真治と沙織だった。真治は頬がこけ疲れた顔をしていた。だが、平山は真治の健康状態など気にかける素振りもない。横井に真治と沙織を紹介した。

「先生、お会いできて光栄です。お体も不自由だというのに、こんなに素晴らしい作品をつくられて、いやあ、本当に尊敬しますよ。大変でしたねえ。まあ、ひとつこれからもよろしくお願いしますよ」

横井はなれなれしい口調で真治に話しかけた。

沙織はテーブルの上に置かれた契約書に目を走らせ、驚いた表情になった。

「え、著作権譲渡契約書？」

「もう映画制作まであと一歩なんだよ、泉本先生。でも、投資を受けるには、先生の作品の権利を譲ってもらわないといけないらしくてね。僕も映画は初めてなので知らなかったよ。ハハハ」

平山の笑い声に真治の表情がこわばった。

「著作権を渡せっていうことですか」

「いやいや、渡すんじゃなくて売るんだよ」

沙織はテーブルの上の契約書を開くと金額の項目を確認した。

「先生、一千万円って書いてあります」

「いっそ丸裸にでもしてください。なんなら魂も売りましょうか」

真治が低い声で言った。著作権は作家の魂と同じだ。もしも手放してしまえば、今後我が子同然の作品がどんなふうにつくり替えられても文句は言えなくなる。

横井の表情が険しくなり、それを見た平山が慌てて言った。

「ハハハ、泉本君、どうしたんだよ」

「作品を売る気はありません。お金はもうどうでもいいんです」

平山は一瞬ひるんだが、すぐに猫撫で声になった。

「ねえ、これだけあれば結婚資金、おばあちゃんの施設代、これからの未来、全部解決よ。夢が叶うってのに、あんなに願ってたのに、どうでもいいだって？　諦めちゃうわけ？」

「諦めませんよ、最後まで。そんなお金意味ないんです。それと、あなたが望んでいた作品の結末も、あなたの思い通りにはさせません」

「な、なんだと」

「自分の作品は、なにがあっても最後まで諦めない。どんなにつらくても、愛の力で乗り越える、希望を伝える作品にします」

真治は見えない目で平山の方を強く見た。

「目が見えなくなってから、逆に世の中がよく見えるようになりました。なにが大事なのか、ようやく気づきました。愛の意味も少しわかるようになったんです」

この言葉は沙織も意外だったらしい。

「先生、一体なにを言ってるんですか」

「スミレは死にません。目が見えないからって、いくらお金を積まれても心までは売りません」

それだけ言うと、真治はドアに向かった。

「この野郎ッ。今なんて言いやがった！　しばくぞ、こら。恩を仇で返すのか」

平山が追いかけてきて真治の胸ぐらをつかんだ。慌てたのは横井と沙織だ。殴ろうとする平山を必死で止める。

「見えなくなってから、逆によく見えます。あなたの狡猾《こうかつ》な真の姿が」

平山はさらに興奮して真治を口汚く罵った。沙織は真治を社長室から押し出した。その背後から「おまえはもうおしまいだ。この業界で働けなくしてやる！」と叫ぶ平山の声が追いかけてきた。

真治と沙織はファイブドリームス社を出て、繁華街を歩いていた。沙織が気づかわしげに真治に尋ねた。

「先生、一体どうするつもりなんですか」

真治はそれには答えない。だが、妙に吹っ切れたような顔をしている。

「街がどんなふうこ変わったか気になるな。クリスマスでしょ。なにが見える？」

街の中は響の華麗堂のクリスマスポスターやCMが至るところにあふれていた。だが、もちろん沙織はそれを伝えるつもりはなかった。響をCMで初めて見た時、どれほど驚いたか。

「まあ、いつも通りですよ。少しはクリスマスっぽい雰囲気になってるけど」

「そう……」

「知らない人のポスターがベタベタ貼ってあります」

沙織にしてみれば、響がこんな華やかな活躍をすることになるなど、想像もしていなかった。真治は響との間になにがあったか決して話そうとしないのだ。

「そんなことより。結末はどうするんですか」

「言ったでしょ。スミレは死なないって。中村さんには迷惑がかからないようにするよ。心配しないで」

「そんなに簡単な問題じゃないですよ」

「中村さん、よく聞いて。俺はやっと自分が見えるようになった。真実が見えるようになったんだ。それに、ファンのみんなにも、中村さんにも菅原さんにも、そして響と俺にも希望をもたらしてくれたこの作品をダメにするなんて絶対にできない」

真治ははっきりと言った。それは図らずも響の大きなポスターの前だった。

「響に言われたことがあるんだ。自分の気持ちに嘘をつくなって」

沙織は真治とポスターの中の響を見比べた。なにをしても二人の間に割って入ることはできないのか。響のことを伝えようとした時だった。真治の鼻から血がしたたり始めた。そして、頭を抱え、うめき声を上げて地面に倒れ込んだ。

沙織は慌てて真治に駆け寄った。

「先生、血が——。大変。大丈夫ですか。病院に行きましょう、早く」

「無駄だよ、もう……」

真治はなんでもないことのように鼻血を拭いた。その目はあまりにも静かだった。

どんなに病院へと言っても真治は耳を貸さず、そのまま沙織のマンションへ戻ると、机の前に座り込んだ。白紙に向かい震える手でペンを握る。だが、当然形にはならない。以前の真治の個性的なタッチの名残《なごり》はあっても、それはもう子供の落書きにしか見えなかった。

少戠は見ていられなくなった。隣に座ると手を添えた。

「イベントシを言ってください。スミレの笑顔が描かれている」

「……あ、ああ、そうだ。涙をこらえて少し上を向いている」

「わかりました」

沙織は目印となる折り目をつけたり、言葉で誘導しながら真治の描きたい絵を手伝って作画をヘルプしていく。

沙織はもう病院へ行けと言うのはやめた。いや、言えなくなった。命を削ってでも今漫画を描きたいという執念に逆らえるはずもない。自分は泉本真治のたった一人のアシスタントなのだから。

沙織はプリントアウトしてあった『ＯＮＬＹ　ＦＯＲ　ＹＯＵ』の最終話を手に取ると、破り捨てた。

そこからの二人の作業は早かった。これまでのパートナーシップの集大成といえるほど息の合った創作をしていく。沙織は、平山に言われた無理に読者を泣かせる方向に誘導するようなあざとさではなく、真治の紡ぐ物語の世界に引き込まれていた。

真治が最後のセリフを口にした。

「……『最後まで諦めないで。つらい時こそ笑うのよ。……愛してる』」

沙織はそのセリフをパソコンに打ち込もうとした。だが、指が震えてできなかった。

「……やっとわかった。響さんのためのプレゼントだったのね、全部」

「沙織さん。今まで一緒にやってきてくれてありがとう」

真治は静かに言うと、手探りで窓際に歩み寄った。窓を開け手を伸ばす。真治の掌に白い雪片が落ち、消えた。

「……雪？　雪だよね」

「ええ。積もるかもしれません」

外は静まり返っていた。

そして、『ＯＮＬＹ　ＦＯＲ　ＹＯＵ』のエンドマークまでたどり着いた真治の心もまた雪の夜のように静かだった。

2

華麗堂の社長室は、クリスマスCMの成功を祝って祝賀パーティーの飾りつけがなされていた。風船や無数のプレゼントの箱など、まるで子供のためのクリスマスパーティーのようである。

大輔が不安そうな顔で懐中時計を見た。それは祖父の形見で、『賢者の贈り物』の中に登場したようなプラチナの鎖がつけられていた。

ノックの音がして、秘書の森山が「お連れしました」と入ってきた。森山の後ろには困惑顔の響がいた。響は部屋に入ると、目を丸くした。パーティーの飾りつけではない、巨大モニターに映し出される響のCM、部屋の壁という壁を埋めつくしたポスター……それは響のためだけのパーティーだった。

「響、いらっしゃい。ここに座って」

大輔は手話で話しかけると、モニターの前の椅子を響に勧めた。響は警戒しながら座った。

大輔がリモコンを操作した。モニターに文字が浮かび上がった。

「大輔と響」

スライドショーが始まった。一枚目は幼い響と大輔がハナ児童養護施設の庭で並んで手をつないで写っているものだった。二人とも緊張しているのか笑顔はない。響の隣にはかしこまった顔で立つ当時の施設長、大輔の隣には威厳のある顔つきの父親がいた。

「覚えてる？　うちの親父が支援した施設で出会った時のこと」

響はその少年のことを思い出した。手話で答えた。

「大輔君だよね。覚えてる。一体どういうつもり？」

大輔は手話で話をしようとしたが、緊張のあまり動けなくなった。合図をすると、部屋の隅に控えていた手話通訳者と恵が進み出た。大輔は口ごもりながら続けた。

「お、俺は響が……す、好きだ。お祝いしてあげたくて……記念すべき未来の扉が開いたんだからな。前から君のことが……す、すごく好きだった」

「なぜ？」

大輔は内ポケットから古ぼけた紙に包まれたキャンディーを取り出した。

「こ、これ覚えてる？　七歳の時、俺が話すとみんな笑ってただろ。でも、響は笑わないていてくれた。そして、このキャンディーを俺にくれた。ひ、響は覚えてないと思う。だけど、これをもらった瞬間、俺は響と結婚するって決めたんだ」

　恵は初めて聞いた話に感動を覚えたようだった。だが、響は無表情のままだった。大輔がどんな話し方をしていたにせよ、笑ったりしなかったのは聞こえなかったから。全く覚えてはいないけど、キャンディーをあげたことに意味はないはず。当時の響はおやつをもらえば、周りの子たちに分けるのは当たり前だったから。それを今でも感謝してくれているのはありがたい。

　だが、だからといって、こんなふうにお金でなんでも好きなことができると思っているのはなにか違うのではないか。

「キャンディーのこと、覚えてない。話が済んだなら、私もう行かないと」

「どうしてそんなに嫌うんだよ」

「私には愛する人がいるの」

「俺の方が先。さ、先に好きだった。そいつはいなくなったんだから、もう忘れてさ、新しい人生を始められるだろ。泉本はこれからスターになる君には釣り合わない人間だよ。どのみち二人は長くは続かない。泉本は響が重荷なんだ」

「重荷？　どうしてわかるの？」

大輔は押し黙った。

「彼になにをしたの」

響は立ち上がった。怒りに震える手で手話を操る。

「言いなさいよ！　真治さんをどこに隠したの!?」

大輔の唇が震えている。

「なんであろうとも、私たちを引き裂くことはできない。私は最後まで彼を探し続ける。絶対に諦めない――」

響の強い目に押されて大輔が口を開いた。

「む、無駄だよ。あいつはもうすぐ死ぬんだ」

「なんですって。どういうこと!?」

「医者もお手上げだって言ってるんだ。だから、いい加減受け入れろよ！」

「今どこにいるの!?」

手話をしながらも響は流れる涙を拭おうともしない。その勢いに押され、しばらく黙っていた大輔もついに答えた。

「穴吹マンション303号室……中村といるよ。中村沙織」

まさか。沙織のところに行ったなんて。沙織は自分に嘘をついていたのか。響はショックだった。だが、こうしてはいられない。響は社長室を飛び出していった。


響はタクシーに乗り、沙織のマンションへ急いだ。もどかしい。悔しい。どうして。真治の考えていることがわからない。今なにが起こっているのだろう。

スマホがメッセージの着信を告げ震えた。沙織からだ。

――『ONLY FOR YOU』の最終話が公開されました。それが先生の最後の言葉です。中村沙織
響はすぐにオンライン漫画のアプリを開いた。確かに『ONLY FOR YOU』の最終話が更新されている。絵がいつもと違う。ひどく乱れている。だが、これは真治が自分の手で描いたものだとすぐわかった。線がどんなに乱れていても、見るものの心を揺さぶるような魂が込められていた。響は一コマ一コマを大切に読んだ。

ラストシーン、ノボルのセリフが真治の言葉に思えてくる。

「『それでもハッピーエンドは存在します。ライナー・マリア・リルケの言葉を借り

ようと思います。

あなたが見えます
私の耳を封じてみようとも　あなたが聞こえます
足がなくても　あなたの元へ行けるし
口がなくても　あなたを呼び寄せられます
私の腕を折ってみようとも　手で触れるかのように
あなたを私の心臓で触れるでしょう
私の心臓を塞いでみようとも　私の脳が鼓動するでしょう
そして　私の脳にあなたが火をつけるのなら
私の血にあなたを乗せていくでしょう

愛するスミレ。最後まで諦めないで。つらい時こそ笑うのよ。愛してる』」

そして、最後に作者からのコメントが記されていた。

――見えなくても、聞こえなくても、どこにいても、もう僕にはあなたが見えるし聞こえます。あなたを永遠に愛しています。僕の響。

響はもう嗚咽をこらえることができなかった。

沙織の部屋のドアを泣きながら叩く響の髪と肩にはうっすらと雪が積もっていた。

しばらくして沙織が顔を出した。いつもヘアもメイクも完璧にしている沙織が疲れきった青白い顔をしていた。

響は筆談ボードに文字を書いた。

「真治さんはどこ？」

「『トロイメライ』は先生が決めたの。彼にとって大事な曲だって。私、あなたに嘘をついたんです」

そんなことどうでもいい。響はもう一度真治はどこかと尋ねるボードを示した。

「……出ていきました。もういないんです。雪が降ってるからって出ていった。もう戻らないって……私は引き留められなかった。なぜかって？　資格がないからよ」

沙織は泣き出した。響は必死にスマホの音声認識が記す文字を目で追った。

「最後の言葉はなんだったと思う？　響さん、あなただけを愛するって――」

そして、沙織は真治から預かっていた小さな箱を寄越した。ずっと持ち歩いていたのだろうか。角が汚れている。

箱を開けると、そこにはダイヤの指輪が入っていた。

響は走り出した。


華麗堂の社長室では、大輔が誰も喜ぶ者のいない華やかな飾りの中で気が抜けたように座り込んでいた。恵だけが辛抱強く黙ってそばにいた。

恵のスマホにメッセージが着信した。響からだ。

「真治さんが中村さんの家にいないの。助けて」

「泉本が消えたようです」

だが、大輔は身じろぎもしなかった。

「なんで黙っているんですか。まさか人が不幸になれば自分が幸せになれるとでも本気で思っているんですか」

「俺がかわりに死のうか？　かわりに死ねばいいのか？」

「死ぬってなんですか。こんなに引っかきまわしておきながら。今からでも響ちゃんの声を泉本に届けましょう。彼が死ぬ前に。最善を尽くすのよ。わかった？」

恵はもう社長秘書の座になど固執《こしつ》するつもりはなかった。この甘ったれの若社長の言いたいことはもう何もなかった。

大輔が顔を上げた。その目に光が見えた。

「あんたが正しい。金はいくらでも出すから、どんな媒体《ばいたい》でもできるだけ利用してこのメッセージを流してくれ」

最後の最後にやっと正しいことをする気になったかと恵は思った。

3

クリスマスイブ。街という街の街頭ビジョンが華麗堂のCMに変わった。いつもの響の登場するクリスマスキャンペーンのCMの映像に加え、今日は新たな映像が加わっている。それはジャズカフェで響がピアノを弾く光景だ。

恵のナレーションが字幕とともに流れ始めた。

「皆さん、こんにちは。ここにいる一人の女性が愛する人のために特別に演奏します。華麗堂のクリスマススペシャルイベントのスタートです。泉本さん、聞いてください。響さんの演奏です。『ONLY FOR YOU』のテーマ曲です。シューマン作曲『トロイメライ』――」

響が真剣な顔でピアノを弾き始めた。決してうまくはない。しかし、正確なタッチで力強く、ゆったりとした「トロイメライ」が流れる。

多くの人たちが街頭ビジョンを見上げている。涙を流している者もいた。人気漫画のタイトルだとわかった人々が早速検索を始め、その最終話に載せられた真治から響へのメッセージを見た人々が一斉にSNSへの投稿を始めた。

日が終わった。再び恵のナレーションが始まった。

「最後に、響さんがもう一つ用意したものがあります」

響がカメラの方を真っ直ぐに見た。そして、その美しい唇が動いた。

「……し……んじ……あいい……し……て……る」

真治、愛してる。

ずっとビジョンを見つめていた人たちがざわついた。その声を聞けば聾啞者《ろうあしゃ》だと誰でもわかる。

「話せない人だったのね」「耳が聞こえないってこと？」「相田響？　なにかあるんだろうなとは思ってたよ」

再び人々がざわめくまで、一瞬の静寂があった。

真治はもうなにも考えられなかった。ベンチに座りスケッチブックを開く。ペンを走らせ描くのは手の感触の記憶を頼りにした響の顔。微笑みを浮かべる響だった。スケッチブックの上にポタポタと鼻血がしたたり落ちるが、もう拭う元気もない。

「……会いたいよ……響……」

ペンが落ちた。真治はゆっくりと地面に倒れた。雪が静かに真治の体を覆っていく。けれど、真治はもう寒さを感じなかった。だんだんと意識が遠のいていった。

響がイチョウの丘公園を目指したのは、そこが二人にとって住んでいた部屋の次に一番笑い合った場所だからだ。イチョウはもう葉も落ち、かつて地面を黄金色に染めていた落ち葉も今はない。響は息を切らして公園を見回した。

ベンチの前に黒い人影らしきものが横たわっている。真治だ。響は駆け寄った。抱き起こすと血が青白い顔を汚している。どんなに揺さぶっても目を開けない。身じろぎもしなかった。体は冷えきっている。

どうしよう。

傍らに落ちていたスケッチブックには女の顔が描かれていた。驚くほど自分に似ている。

「ああ――」

あふれる涙が真治の顔に落ちた。

「シン……ジ……さん……あ、いい……し……て……る」

何度も頼まれたのに、どうしてこんな簡単な一言を言えなかったのだろう。もしも言っていれば、真治は響の前からいなくなったりしなかったのだろうか。

響は立ち上がった。泣くのはここまでだ。コートを脱ぐと、地面に敷き、真治の両腕を持ってなんとかその上に乗せた。そして、ありったけの力を込め、引っ張り始めた。早く、少しでも早く、車が来るところまで連れていく。

公園の入り口を過ぎ、小道に出る。もうあたりは真っ暗だ。そこで向こうから懐中電灯の明かりが見えた。響から連絡を受けていた菅原だった。

「響さん！　救急車、もうすぐ来ます」

涙で菅原の唇が読めない。

お願い。彼を助けて。私の目もあげる。命もあげる。

だから、神様お願いです。

真治さんを助けて——。

エピローグ

一年という時間が経過した。

成田空港上空はよく晴れ、ニューヨークからの飛行機は定刻通りに到着した。

サングラスをかけ白杖を持った男はCAの肘に手を添え、出口へと誘導されていく。

ゆっくりと、しかし確かな足取りで男は入国審査に向かった。

小さな子供が走ってきて、男の足にぶつかった。若い母親がすぐに追いかけてきて「すみません。大丈夫ですか」と謝った。

「なんともありません。ご心配なく」

柔らかな声。微笑みを浮かべた口元。真治の足取りは以前と変わりないほどに回復していた。まだサングラスと白杖は手放せないが、視力もかなり戻ってきている。

昨年のクリスマスイブ。意識がなくなる直前の記憶は今となっては曖昧だ。『ONLY FOR YOU』の最終話を絶対に無理なエンディングにはしないと決め、沙織の手を借りて考え抜いた物語にした。沙織がどう交渉してくれたのか、はたまた著作権交渉を拒否したことで映画化の話が決裂し、むしろこの作品に対して平山が横やを入れることがなくなったせいか、最終話は無事に配信されたはずだ。

記憶はそのあたりで途切れている。

気づいた時には、病院のＩＣＵにいて、身動きができなかった。ニューヨークの脳神経外科の医師ならば真治の脳腫瘍を取り除くことができる、すぐに渡米するようにと言われたらしい。らしいというのは、その頃の真治には判断能力などなく、決定権は多恵にあったからだ。

治療法があることなど知らなかったし、そもそもそんなお金もない。すべての治療費の提供をしてくれたのが植村大輔だと知ったのは、アメリカでの手術が終わった後だった。そのことに響が大きく関係していたと知ったのは、さらにその後だった。

華麗堂のクリスマスＣＭのモデルとして、後にクリスマスイブの奇跡と呼ばれた街頭ビジョンの大々的なハックでさらに相田響の名は有名になった。響と華麗堂の間でどんな契約がなされたのかは今に至るまで誰も真治に教えてくれない。けれど、モデルを続けることで響が自分の治療を支えてくれたのだと真治は思っていた。

『ＯＮＬＹ　ＦＯＲ　ＹＯＵ』は大ヒットした。沙織のおかげで単行本は無事刊行され、売れているらしい。時間がかかってもいつか大輔に金を返せる日も来るだろう。

入国審査を通過し、ゲートへ向かう。自動ドアが開くと、たくさんの人たちがそれぞれの待ち人を探し人垣をつくっている。

真治は白杖をつきながら、ゆっくりと進む。

「真治！」

それは多恵の声だった。多恵は今や車椅子なしで歩けるようになっていた。その隣には沙織と菅原がいる。

「遅かったじゃないか」

多恵の言葉は相変わらず尖っているが、その声は涙で震えている。

「ばあちゃん。ただいま」

「おかえりなさい」「顔色いいですね」

沙織と菅原と握手を交わす。この二人には感謝してもしきれない。二人の背後から誰かが真治の方に近づいてくる。真治はゆっくりとサングラスをはずした。

ほっそりとした体、長い黒髪、透き通るような白い肌、そして、印象的なその瞳。

今の真治にはそれが見えた。思い描いた通りの響がそこにいた。

「……おか……えり……なさい。しん……じさん」

少し鼻にかかったような声で囁きながら微笑む。真治はその手を取った。左手の薬指に覚えのある感触の指輪がはめられている。

「響……ありがとう。俺にも聞かせてよ、響の『トロイメライ』」

響が笑った。


　桜の花が満開になる頃、小さな教会で真治と響の結婚式が行なわれた。本当に大切な人たちだけに祝福され、二人は夫婦になった。

　病める時も健やかなる時も愛し合うことを誓う。その誓いは真治と響には今さら必要ないと招待客たちは囁き合った。

　新郎新婦を少し離れたところで見守る二つの人影があった。大輔と恵である。

「愛とは一番大切なものを与え合うことなんですよね。おめでとうございます、社長。片想いキャラがサンタクロースになりましたね」

「まあ、そう言うなよ。俺もいい加減初恋から卒業しないとな」

　大輔は照れたように笑った。もう言葉に詰まることはない。

　春の陽光が真治と響の上に降り注ぐ。響は真治に肩を抱かれ、その胸に顔を埋めると目を閉じた。真治の胸の鼓動が感じられる。

確かに生きて、ここにいる。

真治が優しく響の目を見た。そして、二人は同時に言った。

見えなくても 聞こえなくても 愛してる——。

監督・脚本　イ・ジェハン (John H. Lee)

本書は映画「SEE HEAR LOVE　見えなくても聞こえなくても愛してる」の脚本をもとに書き下ろしたものです。

SEE HEAR LOVE

見《み》えなくても聞《き》こえなくても愛《あい》してる

イ・ジェハン(John H. Lee)・脚本

国《くに》井《い》桂《けい》・ノベライズ

令和5年6月10日　初版発行

発行人――石原正康
編集人――高部真人
発行所――株式会社幻冬舎
〒151-0051東京都渋谷区千駄ヶ谷4-9-7
電話　03(5411)6222(営業)
　　　03(5411)6211(編集)
公式HP　https://www.gentosha.co.jp/
印刷・製本―中央精版印刷株式会社
装丁者――高橋雅之

幻冬舎文庫

ISBN978-4-344-43304-5　C0193　い-73-1